不敵刑事《デカ》

南　英男
Minami Hideo

文芸社文庫

目次

第一章　不快な悪意

1

灰皿を床に叩きつけた。

力任せだった。クリスタルの灰皿が砕《くだ》け散った。室内に奇妙な静寂が横たわった。

浪友《ろうゆう》商事の社長室である。新宿五丁目にある雑居ビルの七階だ。

十一月上旬の夜だった。

土門岳人《どもんがくと》は総革張《そうかわば》りの黒い応接ソファに腰かけたまま、向かい合っている藤本孝伸《ふじもとたかのぶ》社長を睨《にら》みつけた。藤本が気圧《けお》されたらしく、わずかに目を伏せる。

「この会社が大阪の浪友会《ろうゆうかい》の企業舎弟《フロント》であることはわかってるんだ」

土門は言った。

藤本は口を開きかけたが、言葉は発しなかった。浪友商事の社長は四十三、四歳だ。

いかにも仕立てのよさそうな背広に身を包み、ネクタイも地味である。髪型は七三分けだった。

一見堅気《かたぎ》ふうだが、目の配り方は極道そのものだ。粘液質《ねんえきしつ》で、どこか抜け目がない。

「何か言えや」

土門は焦《じ》れて、そう促《うなが》した。

「わしが昔、浪友会におったことは間違いないですわ。けど、とうの昔に足を洗った人間や。わし個人が東京で商売しとるだけやねん。ほんまに浪友会は関係あらしまへんのや」

「おれの目は節穴《ふしあな》じゃない」

「刑事さんは、なんや誤解しとるみたいやね」

「狸《たぬき》めが！　関東やくざとの紳士協定を破って裏ビジネスに励《はげ》んでるってことは早い話、東に喧嘩売る気なんだな」

「おっしゃってる意味がようわかりまへんわ」

藤本がわざとらしく小首を傾《かし》げた。

土門は片目を眇《すが》め、無言でコーヒーテーブルを引っ繰《く》り返した。二つのコーヒーカップと灰皿が滑《すべ》り、コーヒーの飛沫《ひまつ》が藤本の灰色のスラックスを汚す。

「われ、何するんや！」

「やっと本性《ほんしょう》を出しやがったな」

土門はソファから勢いよく立ち上がった。両袖机《りょうそでづくえ》の脇《わき》に置かれたゴルフのクラブバッグに歩み寄る。

土門は手早くファスナーを開けた。クラブバッグの中には、一振《ひとふ》りの日本刀が隠されていた。白鞘《しらさや》の段平《だんびら》だった。鍔《つば》はない。

「こいつは何だい？」

「そ、それは模造刀や。真剣《しんけん》とちゃう」

「模造刀だと⁉　ふざけやがって」

「嘘やないて」

藤本がコーヒーテーブルを起こしながら、早口で言った。狼狽《ろうばい》の色が濃い。

土門は、にっと笑った。鞘を払い落とし、藤本に近づく。

藤本がぎょっとして、腰を浮かせかけた。

土門は素早く抜き身を藤本の首筋に密着させた。刀身は、およそ六十センチだった。波の形をした刃文《はもん》がくっきりと見える。

「こいつが模造刀かどうか試《ため》してみらあ。真剣なら、そっちの頸動脈《けいどうみゃく》から血煙《ちけむり》が派手にあがるだろう」

「わ、わしの負けだす。ここは、浪友会の息のかかった会社や。けど、別に関東を挑発しに来たんやないで。大阪だけの遣り繰《シノギ》りがきつうなったさかい、純粋に東京でもビジネス展開してるだけやねん。早《はよ》う段平、首から離してんか」

藤本の声は震えを帯びていた。

「これで、銃刀法違反で手錠《ワッパ》打てるわけだ」

「旦那《だんな》、今回だけ見逃してくれまへんか。頼みますわ」

「おれは堅物ってわけじゃない。そっちの対応によっては……」

「いますぐ、お車代を用意させてもらいますわ」

「話がわかるじゃねえか」

土門は段平を遠くに投げ放って、ソファにどっかと坐《すわ》った。藤本があたふたと立ち上がり、耐火金庫に走り寄った。

手間をかけさせやがる。

土門は胸底《きょうてい》で呟《つぶや》き、ラークをくわえた。

ゆったりと紫煙《しえん》をくゆらせていると、藤本が戻ってきた。帯封《おびふう》の掛かった札束を二つ重ねて手にしている。合わせて二百万円だろう。

「旦那、これでよろしゅう頼みますわ」

「二百だな?」

「そうだす」

藤本が二つの札束をコーヒーテーブルの上に置く。土門は無造作に札束を抓《つま》み上げ、上着の両ポケットに突っ込んだ。

「うちとこも競売物件の転売と闇金融をやっとるんやけど、関東の同業者のマーケットを荒らす気はないねん。ほんまや。共存共栄できればと思うとる。そやから、関東御三家の稲森会《いなもり》、住川会《すみかわ》、極友会《きょくゆう》にご注進《ちゅうしん》に及ぶのは……」

「わかってるよ。灰皿を割っちまったな。ちょっと右手を貸してもらうか」

「どないするねん⁉」

藤本が怪訝《けげん》そうな顔で言い、恐る恐る右手を差し出した。掌《てのひら》が上だった。

「ありがとよ」

土門は喫《す》いさしの煙草《たばこ》の火を藤本の掌に強く押しつけ、すっくと立ち上がった。

火の粉《こ》が舞い、肉の焦《こ》げる臭《にお》いがした。藤本が女のような悲鳴を放ち、その場にしゃがみ込んだ。

「懐《ふところ》が淋《さび》しくなったら、また寄らせてもらうぜ」

土門は恫喝《どうかつ》し、社長室を出た。

事務フロアには、柄の悪い社員が四人いた。どの顔も険《けわ》しい。社長室の騒ぎに聞き耳をたてていたのだろう。

「何か文句でもあるのかっ」

土門は、四人の男を等分《とうぶん》に見た。

男たちは一斉《いっせい》に視線を逸《そ》らした。土門はせせら笑って、浪友商事を出た。エレベーターホールに向かう。

三十七歳の土門は、警視庁組織犯罪対策部第四課の暴力団係刑事である。職階は警部補だが、まだ主任にもなっていない。

丸刈りで、百八十二センチの巨漢だ。大学時代にレスリングで鍛《きた》え上げた筋肉質の体型は、いまも変わっていない。

鷲《わし》のような目には凄《すご》みがある。黙っていても、他人に威圧感《いあつかん》を与えるだろう。実際、武闘派やくざさえ竦《すく》み上がる。彼らは土門の凶暴な性格を知っていた。

警察は軍隊並の階級社会だが、土門は平気で上司に逆《さか》らう。時には、悪態《あくたい》もつく。協調性の欠片《かけら》もない。

そんなふうに傍若無人《ぼうじゃくぶじん》に振る舞えるのは、警察内部の不正や警察官僚たちの弱みを握《にぎ》っているからだ。それは、まさに無敵の切札だった。

警察は法の番犬であるはずだが、さまざまな不正や違法行為が横行している。

捜査費の何割かは予《あらかじ》め各所轄署にプールされ、副署長や署長の小遣いに回されていた。人事異動時の餞別《せんべつ》も、プール金の中から払われていることが多い。

捜査協力費の架空請求は、いまや公然たる秘密である。公務員が国民の血税を詐取《さしゅ》しているわけだ。

警察は大物政財界人に弱い。彼らの圧力に屈して、関係者の刑事事件や交通違反を揉《も》み消すことは日常茶飯事だ。

警察官たちの不祥事《ふしょうじ》もいっこうに減らない。毎年、十人前後の現職がレイプ殺人、窃盗《せっとう》、恐喝、傷害、詐欺《さぎ》、銃刀法違反、覚醒剤《かくせいざい》常習などで懲戒《ちょうかい》免職になっている。そのほか表面に出ない犯罪も少なくない。

その気になれば、内部告発の材料はいくらでも身近にある。

しかし、それを実行する警察官はめったにいない。青臭い正義感に駆られて身内を糾弾《きゅうだん》したら、間違いなく前途は暗くなるからだ。まず職場から追放され、最悪の場合は再就職活動も妨害される。

そんなことで、大多数の者が警察権力の堕落《だらく》ぶりに目をつぶってしまっている。情けない話だが、それが現実だ。

土門も三十代の前半までは、〝飼い馴《な》らされた羊〟のひとりだった。人並の出世欲があったせいだ。

だが、ある出来事がきっかけで土門の人生観は大きく変わった。四谷署刑事課勤務時代に、信頼していた上司に裏切られたのだ。土門は誤認逮捕の責任を全面的に負わされ、東京の外れにある青梅《おうめ》署に飛ばされた。

理不尽な扱いに腹を立てたが、どうすることもできなかった。土門は人間不信に陥《おちい》り、悩みに悩んだ。この先、誰を信じればいいのか。ひどく虚《むな》しい気持ちになった。

土門は中堅私大出身のノンキャリア組である。誤認逮捕という失点は退官までついて回るだろう。たとえ昇進して警部になっても、その先の出世は望めないはずだ。

夢のない日々は味気ない。それなら、腐《くさ》り切った警察社会でいっそ図太くアナーキーに生きたい。そうした思いが日ごとに強まり、土門は敢《あ》えて悪徳刑事を志願する気になった。

およそ二十九万七千人の警察機構を支配しているのは、六百数十人の有資格者《キャリア》だ。その八割は東大出身者だった。ひと握りの超エリートたちは、絶大な権力を有している。侵《おか》すべからざる存在と言っても過言ではないだろう。

そんな警察官僚《キャリア》も所詮《しょせん》は人の子だ。それぞれが他人には知られたくない秘密を持ち、弱点もあるにちがいない。

土門は非番の日を利用して、警察官僚たちの私生活を探りはじめた。

超エリートたちは呆《あき》れるほど無防備だった。自分たちの力を過信しているから、つい油断してしまうのだろう。

おかげで土門は、やすやすとキャリアたちの弱みを摑《つか》むことができた。大物国会議員から汚れた金を貰《もら》って、若い愛人を囲っている警察官僚はひとりや二人ではなかった。

ある警視正は、利権右翼の首領《ドン》から別荘を破格の安値で譲り受けていた。別の警視は、息子を有名医大に裏口入学させていた。その工作資金を用立てたのは、急成長中の警備保障会社の創業者だった。

警察官僚といっても、俸給はそれほど高額ではない。贅沢《ぜいたく》な暮らしをするには、そうした不正に走らざるを得ないわけだ。

土門は超エリートたちの不正やスキャンダルの証拠を摑むと、本庁の平岡文隆《ひらおかふみたか》副総監を訪ねた。

副総監もキャリアのひとりだ。警察官僚たちの団結力は驚くほど強い。まるで親族のように互いを庇《かば》い合う。

平岡副総監は憮然《ぶぜん》とした表情で、土門の要求を訊《き》いた。土門は青梅署の職務には熱心になれないとだけ告げた。と、平岡は黙って胸を叩いてみせた。

その翌日、土門は本庁組対《そたい》四課に転属になった。異例の人事異動だった。結局、青梅署には一年半もいなかった。

組対四課は主に暴力団絡《がら》みの殺人、傷害、暴行、恐喝、放火などの捜査を受け持っている。一般の殺人、傷害、強盗、誘拐、ハイジャック、レイプ、爆破事件などを担当している捜査一課と共同捜査を行うことも少なくない。

両課とも、本部庁舎の六階にある。捜査一課は花形セクションだ。副総監に捜一《そういち》に入りたいと強く言えば、その望みは叶《かな》っただろう。

しかし、土門は別に後悔していなかった。靴の底を擦《す》り減らして殺人犯を追っても、なんの得もない。だが、暴力団係には役得がある。裏社会の人間に袖《そで》の下を使われることが多く、まず小遣いには不自由しない。

只酒《ただざけ》は飲めるし、女の世話もしてもらえる。その上、足のつかない銃刀も入手可能だ。悪党に徹してしまえば、いいことずくめである。

本庁勤務になって、丸五年が過ぎている。

しかし、鼻抓み者の土門には職務らしい職務は与えられていない。弱みを握られた超エリートたちは彼が退屈な日々に耐えられなくなって、自ら依願退職するのを待つ肚《はら》なのだろう。

残念ながら、それほど神経は細くない。当然のことながら、土門は職場で完全に孤立していた。

課長の戸張誠次《とばりせいじ》は、土門と目を合わせようともしない。七十数人の同僚刑事たちも明らかに土門を避けている。職務の伝達のほかは、誰も話しかけてこない。

刑事は原則として、ペアで聞き込みや張り込みに当たる。だが、いつも土門は独歩《どっぽ》行《こう》だった。

気が向けば、関心のある事件に首を突っ込む。といっても、別段、正義感に衝《つ》き動かされるわけではない。金《かね》になりそうな事件を嗅《か》ぎ当て、こっそりと闇捜査をしているだけだ。

ふだんは、もっぱら情報収集と称して遊び回っていた。

土門は酒と女に目がない。両国で生まれ育った彼は、宵越《よいご》しの銭《ぜに》は持たない主義だった。安い俸給は、たいてい一週間で遣《つか》い果たしてしまう。

銀座や赤坂のクラブで豪遊し、一流ホテルに連泊する。特攻隊とか枕組《まくらぐみ》と呼ばれている尻軽《しりがる》ホステスを部屋に持ち帰ることも珍しくない。

土門は刑事でありながら、住所は定《さだ》まっていなかった。

都心のシティホテルを塒《ねぐら》にし、衣類などはマンション型レンタルルームに保管してあった。マイカーも所有していない。無断で他人の車を乗り回したり、タクシーを利用していた。

もちろん、まだ独身だ。所持金が乏《とぼ》しくなっても、少しも心細くない。どこか適当な組事務所に顔を出せば、黙っていてもさりげなく車代を手渡される。その額は最低でも三十万円だ。

土門は、暗黒社会の顔役たちの弱みも握っていた。アウトローたちにとっても、彼は疫病神《やくびょうがみ》だった。

土門は怒《いか》り狂うと、手がつけられない。筋者《すじもの》でも被疑者でも情け容赦《ようしゃ》なく痛めつける。

決して大声は張り上げない。蕩《とろ》けるような笑みを浮かべながら、相手を半殺しにしてしまう。それだけに一層、気味悪がられるようだ。土門は職場でも盛り場でも、〝不敵刑事《デカ》〟と恐れられていた。

エレベーターホールに達した。

土門は函《ケージ》に乗り込んだ。浪友商事からせしめた二百万円は、湯水のように使うつもりでいる。

銀座の中級クラブをひと晩借り切って、今夜は愉《たの》しく騒ぐか。

土門は胸底で呟《つぶや》いた。

エレベーターが下降しはじめた。一階に着いたとき、左手首のスイス製腕時計に目を落とした。ロレックスだ。午後九時を数分回っていた。

土門は雑居ビルを出ると、靖国《やすくに》通りに足を向けた。大通りでタクシーを拾うつもりだ。晩秋の夜気《やき》は粒立《つぶだ》っている。風はひんやりと冷たい。

土門は焦茶《こげちゃ》のレザージャケットの襟《えり》を立て、歌舞伎町の裏通りを大股で歩きはじめた。人影はなかった。

百数十メートル進むと、背後で車のエンジン音がした。

土門は歩《ほ》を運びながら、何気なく振り返った。闇の奥から無灯火の乗用車が猛進《もうしん》してくる。黒色のクラウンだった。
自分を狙《ねら》っているようだ。土門はショルダーホルスターからシグ・ザウエルＰ230Ｊ
Ｐを引き抜き、体の向きを変えた。官給拳銃だ。
スライドを引き、銃把《グリップ》に両手を添える。弾倉《マガジン》には、五発の実包を詰めてあった。
クラウンのヘッドライトが一瞬だけ灯《とも》った。ハイビームだった。
土門は強烈な光をまともに顔面に照らされ、目が眩《くら》んだ。
額に小手《こて》を翳《かざ》したとき、さらにエンジン音が高くなった。無灯火の車は、眼前に迫
っていた。ドライバーに狙いをつける余裕はない。
土門は拳銃を握ったまま、道端の暗がりに移動した。
数秒後、全身に強い風圧を感じた。クラウンは土門を掠《かす》めるようにして、走り抜け
ていった。逃げるのがほんの少しでも遅れていたら、おそらく撥《は》ねられていただろう。
土門は安堵《あんど》しながら、遠ざかるクラウンを見た。ナンバープレートの数字は、黒い
ビニールテープでそっくり覆い隠されていた。
浪友商事の藤本社長が配下の者に自分を轢《ひ》き殺させようとしたのかもしれない。
土門は来た道を引き返し、八階建ての雑居ビルに足を踏み入れた。七階の浪友商事
に勝手に入り、社長室に飛び込む。
藤本は机に向かって、何か書類に目を通していた。

「血相《けっそう》変えて、どないしたんです？　わし、偽札《にせさつ》なんか渡してまへんで」

「おれを若い衆に始末させようとしなかったかっ」

「旦那、何言うてまんのや⁉」

「一度死んでみるか」

土門はシグ・ザウエルＰ230ＪＰを握ると、両袖机に歩み寄った。銃口を藤本の狭い額に押し当てる。

「悪い冗談やな。こ、これは何の真似や？」

「このビルの前を歩いてたら、無灯火の黒いクラウンがおれをめがけて猛然と突っ込んできやがった。そっちが下手におれを狙わせたんじゃねえのかっ」

「それは誤解や。わしは武闘派やないで。警察を敵に回すようなことは絶対にせんですわ。現に、さっき旦那に二百万のお車代を差し上げたやないですか」

「ああ、それはな」

「旦那、わしの目をよーく見てんか。嘘ついてる目やないやろ？」

藤本が戦《おのの》きながらも、自分の目を指さした。土門は相手の両眼を覗《のぞ》き込んだ。確かに芝居をうっているようには見えない。

「早とちりだったようだ。邪魔《じゃま》したな」

土門は拳銃をショルダーホルスターに戻し、藤本に背を向けた。そのまま浪友商事を出て、エレベーターで一階に降りる。

ふたたび夜道をたどりはじめて間もなく、物陰から人影がぬっと現われた。
二十五、六歳の男だった。ひと目で暴力団の組員とわかる風体《ふうてい》だ。芥子色《からしいろ》のダブルスーツ姿で、右手首にゴールドのブレスレットを光らせている。
中肉中背だ。髪はオールバックで、頬骨《ほおぼね》が高い。唇は薄かった。

「あんた、桜田門の土門岳人だな?」

「おれの名を呼び捨てにするとは、いい度胸してるじゃねえか。どこのチンピラだっ」

「おれはチンピラじゃねえ。義誠会《ぎせいかい》小柴組《こしばぐみ》の松居《まつい》って者《もん》だ」

「小柴組のことは知ってるが、恨まれる覚えはないぜ。関東やくざの五番手の二次団体なんか、めったに捜査対象にならないからな」

「てめーっ、空とぼける気かよ。うちの組長《オヤジ》から一億円を脅《おど》し取っといて、ばっくれやがって」

「身に覚えがない」

「ふざけやがって!　ぶっ殺してやる」

松居と名乗った男が逆上し、腰の後ろから匕首《あいくち》を抜き放った。刃渡り二十数センチの短刀だ。

「やめとけ」

土門は相手に忠告した。

だが、無駄だった。松居が一段といきり立ち、刃物を斜め上段から振り下ろした。

刃風《はかぜ》は重かった。

しかし、切っ先《さき》は土門から一メートル近くも離れていた。土門は軽やかに前に跳《と》んで、松居の股間を蹴《け》り上げた。

的《まと》は外さなかった。松居が呻《うめ》いて、短刀を手から落とした。

土門は、前屈《まえかが》みになった松居の肩をむんずと摑んだ。ほとんど同時に、松居の顔面に膝蹴《ひざげ》りを見舞った。鼻柱が潰《つぶ》れただろう。

松居が唸り声を洩らしながら、ゆっくりと頽《くずお》れた。

「さっき黒いクラウンでおれを撥ねようとした奴も小柴組の組員なんだな？」

「痛《いて》えよ」

「質問に答えろ！」

土門は二歩退《さ》がって、松居の顎《あご》を蹴り上げた。

骨が鈍く鳴った。松居は蛙《かえる》のような恰好《かっこう》で引っ繰り返り、そのまま体をくの字に折った。

「内臓を血袋《ちぶくろ》にされたいらしいな」

「もう蹴らねえでくれ。クラウンを運転してたのは木島《きじま》って組員だよ。おれたち二人は、小柴の組長《オヤジ》にあんたを始末しろって言われたんだ」

「誰かがおれになりすまして、小柴から一億円をまんまと騙《だま》し取ったんだろう。恐喝《カツアゲ》のネタは何だったんだ？」

「そこまでは知らねえんだ。組長《オヤジ》、詳しいことは教えてくれなかったんでな」

「そうかい。なら、そのうち小柴に直《じか》に訊《き》いてみよう。あばよ」

土門は松居の眉間《みけん》を蹴ると、何事もなかったように悠然《ゆうぜん》と歩きはじめた。

2

下腹部が生温かい。

土門は目を覚ました。ベッドの上だった。

日比谷にある帝都ホテルのデラックススイートルームだ。土門は長い枕から、頭を少しだけ浮かせた。股《また》の間にうずくまっているのは、真理《まり》だった。

銀座七丁目にあるミニクラブ『クララ』のホステスだ。前夜、土門は馴染《なじ》みの酒場を午後十時から四時間ほど百五十万円で貸切りにしてもらった。

ママのほかに七人のホステスを侍《はべ》らせ、上機嫌で痛飲した。その帰りに、二十七歳の真理をホテルに連れ込んだのである。

彼女は数年前まで、『クララ』でナンバーワンを張っていた。だが、客の大手広告代理店の部長に本気で惚《ほ》れ、いったん水商売から足を洗った。半年後に真理は好きな男の後妻になったのだが、それから数日後に夫ともども交通事故に遭《あ》ってしまった。

夫は即死だった。真理自身は顔面に裂傷《れっしょう》を負った。彼女は形成手術を受け、生活のためにふたたび『クララ』で働くようになった。厚化粧をしていても、額や頬の縫《ほう》合痕《ごうこん》は完全には隠せない。

真理がクラブホステスに復帰できたのは、ひとえに気のいいママの温情だった。彼女はそれに応《こた》えるように懸命に働いた。だが、以前の馴《な》染《じ》み客はひとりずつ遠のいてしまった。

たまに指名客がついても、売掛金を回収できないことが多かったようだ。金銭的に追いつめられた真理は、いつしか口の堅い客に体を開くようになった。

昨夜、土門は真理を二度抱いた。二度目の交わりの後《あと》、そのまま眠りに落ちた。全裸のままだった。

「真理、無理すんなって」

土門は声をかけた。

真理が口に含んでいた物を解《と》き放《はな》った。ペニスは半立ちだった。

「三十万円もいただいちゃったんだから、目一杯サービスしないと、罰《ばち》が当たっちゃうわ」

「もう二回娯《たの》しませてもらったから、おれは充分だよ。そっちの迎え腰は最高だった」

「わたしのこと、哀《あわ》れんでるのね。お化けみたいな顔になっちゃったんで、かわいそうだと思ってるんでしょ？」

「僻むなって。なら、好きにしてくれ」

土門は口を閉じた。

真理が片手で土門の下腹や内腿《うちもも》を撫《な》でながら、もう一方の手でペニスの根元を断続的に握り込みはじめた。そうしながら、彼女は舌の先で亀頭を刺激しつづけた。

土門は張り出した部分や裏筋《うらすじ》をなぞられているうちに、いつからか力を漲《みなぎ》らせていた。真理はひとしきりディープスロートに熱中すると、騎乗位で体を繋《つな》いだ。

土門は真理の顔を見た。眠っている間に彼女はメイクを整えたらしく、傷痕《きずあと》はほとんど目立たなかった。

「ね、目をつぶってて。わたしを見ないで」

真理が言いながら、豊かな腰を弾《はず》ませはじめた。早く終わらせてやらないと、真理はもっと惨《みじ》めな気持ちになるだろう。

土門は右腕を伸ばし、結合部を探《さぐ》った。敏感な突起を弄《もてあそ》びはじめると、真理の動きが大きくなった。

土門は頃合《ころあい》を計《はか》って、半身を起こした。

そのまま真理を組み敷き、両脚を掬《すく》い上げる。突き、捻《ひね》り、また突いた。

土門は幾度か体位《ラーゲ》を変え、オーソドックスな正常位で果てた。真理はことさら甘やかに唸ったが、極みに達していないことは明らかだった。

「お疲れさん！」

土門はわざと軽く言って、真理から離れた。

真理はベッドから降りると、素肌に純白のバスローブをまとった。すぐに彼女はバスルームに向かった。

土門は腹這《はらば》いになった。ナイトテーブルの上に置いたロレックスを見る。あと数分で、午前七時になる。

土門はラークに火を点《つ》けた。

情事の後の一服は、どうしてこんなにうまいのか。死ぬまで煙草はやめられそうもない。そもそも禁煙する気もなかった。

喫煙が健康を害することは百も承知だ。しかし、最初《はな》から煙草と縁を切る気はない。いやいや禁煙して何年か長生きしたところで、それがいったい何になるというのか。酒についても、同じことが言える。

人間は誰しも、いつか死ぬ。くよくよと思い患《わずら》うことなく、思う存分に愉しむべきではないのか。刹那的《せつなてき》な享楽《きょうらく》主義だが、そういう生き方が自分にはふさわしい気がする。

それはそうと、どこの誰が自分の名を騙《かた》ったのか。戸張課長と平岡副総監がつるんで、自分を陥れようとしているのだろうか。それは考え過ぎか。だが、探りを入れてみる必要はありそうだ。

土門はそう考えながら、短くなった煙草の火を灰皿の底で揉み消した。仰向《あおむ》けになって、軽く瞼《まぶた》を閉じる。うつらうつらしかけたとき、真理がベッドに近づいてきた。身繕《みづくろ》いを終えていた。

「わたし、先に帰らせてもらいますね」

「ああ、わかった」

「土門さんのおかげで、今月分の家賃、ちゃんと払えそうだわ」

「そっちは西麻布のマンションに住んでるんだったな？」

「ええ。マンションといっても、1DKだけどね。ペルシャ猫と一緒に暮らしてるの」

「おれよりも増しだよ。こっちは宿なしだからな」

「うふふ。気が向いたら、また誘って。ただし、妙な同情は迷惑ですからね」

「わかってるって。自分ちで、ゆっくりと寝《やす》んでくれ」

「土門さんも、もう少し寝たほうがいいわ。三ラウンドもこなしたんだから」

「真理がセクシーだったんで、つい張り切っちまったんだ。そのうち、また店に顔を出すよ。それじゃ、気をつけてな」

土門は軽く手を振った。真理がにこやかにうなずき、寝室から出ていった。土門は三分も経《た》たないうちに寝入っていた。

私物のスマートフォンの着信音で眠りを解かれたのは、正午過ぎだった。

土門は寝そべったまま、ナイトテーブルの上からスマートフォンを掴み上げた。ディスプレイを覗く。発信者は黒須《くろす》達郎《たつろう》だった。旧知の悪徳弁護士である。

四十四歳の黒須は物腰が柔らかく、実に如才《じょさい》がない。有能な商社マンと言っても通るだろう。

しかし、それは見せかけだけだ。黒須は堅気の弁護依頼はめったに受けない。闇社会の人間を顧客にして、法外な報酬をふんだくっている。

主な依頼人は、やくざ、闇金融業者、手形のパクリ屋、会社整理屋、マルチ商法屋、ネット詐欺師、地面師、仕手集団などだ。黒須は、三十数社の企業舎弟《フロント》とも顧問契約を結んでいる。

そんなことで、並の暴力団係刑事上りよりも裏社会に精《くわ》しい。しかも、黒須がもたらす情報はほぼ正確だった。

土門は、ちょくちょく悪徳弁護士から裏情報を入手していた。といっても、金銭の授受《じゅじゅ》はない。土門は見返りとして、黒須に警察情報を流している。

いわば、二人は持ちつ持たれつの間柄だった。月に二、三度は酒を酌《く》み交《か》わしている。

「黒《くろ》さん、景気はどう？」

「おかげさまで、依頼人は増える一方だよ。デフレ不況が長くつづいたんで、悪知恵を働かせる奴らが多くなったんだろう」

「自分だけ善人ぶるんですか。大金を積まれりゃ、黒いものを白くしてる誰かさんのほうがよっぽど悪人だと思うがな」

「そう言われても仕方ないか。おれは土門ちゃんと違って、銭に執着するタイプだからな。生《お》い立《た》ちのせいだろう」

黒須が自虐《じぎゃく》的に呟いた。

土門は返答に窮《きゅう》した。黒須は、きわめて金銭欲が強い。真顔《まがお》で、金だけしか信じられないとも公言している。物の考え方が偏《かたよ》ってしまったのは、幼いころの辛い体験のせいだろう。

黒須は五歳のとき、両親と妹をいっぺんに亡《な》くしている。妹は、わずか二歳だった。事業でしくじった父親が妻と娘を道連れにして、車ごと埠頭《ふとう》から海にダイブしてしまったのだ。

両親は相談の末、長男の黒須だけをこの世に残すことにしたらしい。母親は息子に雑草のように逞《たくま》しく生き抜けと繰り返し言い聞かせたという。

遺《のこ》された黒須は数年ごとに親類宅をたらい回しにされ、ずいぶん肩身の狭い思いをさせられたようだ。人間の裏表をさんざん見てきたらしい。

黒須は優秀な学業を修《おさ》めることで辛《かろ》うじて自尊心と誇りを保《たも》ち、苦学して弁護士になった。そして、三十歳のときに恩人の姪《めい》と結婚した。

見合い結婚だった。そのせいかどうか、夫婦は心を寄り添わせることができなかった。黒須は一年数カ月後に離婚した。

それ以来、彼は気楽な独身生活を満喫《まんきつ》している。自宅は高輪《たかなわ》の超高級マンションだ。事務所は虎《とら》ノ門《もん》にある。

秘書の小谷《こたに》美帆《みほ》は、黒須の愛人でもあった。三十一歳の美帆は聡明《そうめい》な美女だ。色気もある。

「土門ちゃん、おれのジャガーXJエグゼクティブを四百五十万で買わない？」

「ミッドナイトブラックのあの車か。英国かぶれも卒業ってわけかな」

土門は茶化した。なぜだか黒須はイギリスびいきで、車、家具、食器、煙草、ライターも英国製で揃《そろ》えている。

「そうじゃないんだ。ジャガーの新車に買い替えたいんだよ」

「だったら、いま乗ってる車を下取らせればいいでしょ？」

「そうしようと思って、ディーラーに車の査定をさせたんだよ。そうしたら、査定額はたったの三百五十万弱だった。だから、土門ちゃんに四百五十万で買い取ってもらおうと考えたのさ」

「黒さんらしいな。おれを相手に百万も儲《もう》けようとするんですから」

「最終的に頼りになるのは、やっぱり金だよ。遣い切れないほど稼ぎたいんだ。それはそうと、どうだい？」

「おれには、マイカーなんて必要ありません。路上に駐《と》めてある各種の車を無断借用すればいいんだから。急いでるときは、通りかかった車をストップさせて、ドライバーを外に引きずり出せばいい」

「とんでもない刑事がいたもんだ」

「黒さんだって、まともな弁護士とは言えないでしょ？」

「一本取られたか。いまの車は、知り合いの街金屋《まちきんや》に四百七、八十万で売りつけることにしよう」

「欲が深いな」

「それは認めよう。ところで、スキャンダル・ハンターの久世沙里奈《くぜさりな》はどうしてる？最近、とんと連絡がないんだ」

黒須が共通の友人の名を口にした。

沙里奈は二十七歳のフリージャーナリストだ。二年ほど前まで夕刊紙の事件記者だったのだが、いまは各界著名人のゴシップ記事を発表している。ルックスもプロポーションも悪くない。

そんなことで、沙里奈はゴシップライターのかたわらファッションモデルの仕事もこなしている。彼女は男嫌いで、轟《とどろき》麻衣《まい》という売れない銅版画家と目下、同棲《どうせい》中だった。麻衣は色白の美人だ。二十五歳だったか。

「こっちにも連絡はないんですよ。長期の取材にでも出かけたんだろうか」

「かもしれないな。沙里奈のような美女が男に興味ないなんて、世の中、どうかしてるよ」

「ほんとだね」

「土門ちゃんは、沙里奈のことを憎からず想《おも》ってるんだろ？」

「ええ、まあ。しかし、沙里奈は二つ年下の麻衣ちゃんにぞっこんだから、どうすることもできないでしょ？」

「押し倒して、姦《や》っちゃえよ。それで、男のほうがずっといいってことを体で教えてやるんだな」

「安手の官能小説の主人公みたいなことを言うんだね。レズの女を力ずくでどうこうしたら、軽蔑されるだけでしょ？」

「そうかな。沙里奈のほうも土門ちゃんには好意を持ってるように見えるがね。彼女、心の中では異性を愛したいと考えてるんじゃないのか。そうだとしたら、沙里奈は何かきっかけが欲しいんじゃないのかな。美人版画家に覚《さと》られないようにして、沙里奈を本気で口説《くど》いてみろよ。脈はあると思うがね」

「機会があったら、そうしてみますよ」

土門は話を合わせ、先に電話を切った。

沙里奈とは二カ月近く連絡を取り合っていなかった。どこか具合が悪くなって、入院でもしているのか。

土門は少し心配になって、沙里奈のスマートフォンを鳴らした。スリーコールで、電話は繋がった。

「体調を崩したのか？」

土門はぶっきら棒に問いかけた。

「ううん、わたしは元気よ」

「なら、仕事が忙しかったんだな」

「電話を切らずに少し待っててもらえる？」

沙里奈の声が途切《とぎ》れた。同居している麻衣が近くにいるのだろう。

ほどなく通話が再開された。

「ごめんなさい。麻衣がそばにいたもんだから、キッチンに移ったの」

「版画家、どうかしたのか?」

「うん、ちょっとね。体は健康なんだけど、心がちょっと弱ってるのよ」

「同性愛に溺《おぼ》れちまったことに、罪悪感を覚えはじめてるのかな」

「そんなことじゃないの。同性愛も恋愛の一つの形だから、麻衣もわたしもそのことで悩んだりしないわよ」

「それじゃ、いったい何があったんだ?」

「先月、イタリアで国際的な銅版画コンクールがあったんだけど、麻衣の応募作品は佳作にも選ばれなかったの。本人はだいぶ自信があったようなんだけどね。素人のわたしの目には、かなり斬新《ざんしん》な作品に映ったんだけど、審査員たちには高く評価されなかったのよ」

「それで、轟麻衣はすっかり自信をなくしてしまったのか」

「ええ、そうなの。ずっと塞《ふさ》ぎ込んでて、もう版画の制作はやめるなんて言い出してるのよ。もともと食《しょく》は細かったんだけど、一日一食程度だから、一カ月半で四キロも痩《や》せてしまったの。それで麻衣のことが心配で、わたし、仕事に手がつかないのよ」

「そっちは麻衣ちゃんに惚れきってるんだな。嫉妬《しっと》したくなるよ。それはそうと、麻衣ちゃんは少し弱すぎるな。何かクリエイトする奴はもっと自分の才能を信じなきゃ、この先、やっていけないんじゃねえのか。偉大な画家や音楽家だって、生前は作品が認められなかったケースが少なくないって話だぜ」

「ええ、そうみたいね。後世に名を残した芸術家は、たいがい逞《たくま》しかったようだわ。麻衣もでーんと構えてればいいんだけど……」

「ずっと塞ぎ込んでるようだったら、病院で精神安定剤か何か処方してもらったほうがいいな。先行きの見えない時代だから、心が風邪をひくんだろう」

「そうなんでしょうね」

「現に毎年、三万人近い日本人が自殺してる。油断してると、麻衣ちゃんもウツになっちまうかもしれないぞ」

「脅かさないでよ」

「いや、マジな話だって」

「いつまでも麻衣が元気を取り戻さなかったら、一度、大学病院で診《み》てもらうわ」

「そうしなって。おまえさんが元気なんで、ひと安心したよ。麻衣ちゃんが元気になったら、おれか黒さんに電話をくれや。四人で飯でも喰《く》おう。それじゃ、そういうことで！」

土門は通話を切り上げ、スマートフォンをナイトテーブルの上に置いた。生まれたままの姿でバスルームに行き、頭と体を洗う。

部屋を出たのは午後二時過ぎだった。

前夜、三日分の保証金をフロントに預けてある。土門は一階のグリルでサーロインステーキを食べてから、徒歩で登庁した。

六階の組対四課の大部屋に入ると、戸張課長が若い刑事たちに何か指示を与えていた。

「でっかい事件《ヤマ》でも発生したのかな」

土門は誰にともなく言った。居合わせた同僚たちは土門をちらりと見ただけで、誰も口を開かなかった。

戸張が若い刑事たちを散らせた。土門は戸張課長に歩み寄った。

「おれは、とことん嫌われてるみたいだね」

「みんな、職務に追われてるんだよ」

「どんな事件が起こったんです？」

「住川会の本部に右翼の街宣車《がいせんしゃ》が突っ込んだだけだよ。住川会が野党議員の自宅周辺に街宣車を差し向けたらしいんだが、そのときの謝礼をまだ払ってないようなんだ。それで行動右翼団体の幹部が腹を立てて、街宣車ごと突っ込んだんだよ。いわば、一種の内輪揉めだな」

「なら、おれが助《すけ》っ人《と》を買って出ることもないですね」

「どうせ助《ス》ける気なんかないくせに」

戸張が皮肉たっぷりに言った。

「さすがは課長だ。部下のことはよく見てらっしゃる。人の上に立つ方は、やっぱり違うな」

「厭味《いやみ》に聞こえるぞ」

「えへへ。それはそうと、数日前の夜、おれ、新宿で課長を見かけましたよ」

土門は鎌《かま》をかけた。

「えっ」

「課長と一緒に焼肉を喰《く》ってたのは、義誠会小柴《こしば》組の組長ですよね。フルネームは確か小柴正信《まさのぶ》だったな」

「一昨日《おととい》の晩、新宿にいたことはいたが、やくざ者とは会ってないぞ。おかしなことを言わないでくれ」

戸張が顔をしかめた。

「小柴と一緒だった人物は、課長とそっくりだったがな」

「焼肉屋になんか入ってない」

「そうですか。なら、他人の空似《そらに》だったんだろう。奥のテーブル席には、平岡副総監もいたような気がするが……」

「きみは何が言いたいんだっ。副総監の命令で、わたしがきみの弱みを押さえようとしたとでも疑ってるのか？」

「部下思いの戸張課長がおれを陥れようとするはずない。別に含むものなんかありませんよ」

土門は作り笑いを拡《ひろ》げ、踵《きびす》を返した。小柴の背後に戸張か平岡がいると考えたのは、早合点だったようだ。

土門は苦笑しながら、組対四課の刑事部屋を出た。

3

風林会館《ふうりんかいかん》の裏手に回り込んだ。

新宿の歌舞伎町《かぶきちょう》である。土門は歩きながら、左右を見回した。警視庁の捜査資料によれば、義誠会小柴組の事務所は歌舞伎町二丁目にあるはずだ。

夕闇が漂《ただよ》いはじめていた。

職場を出た土門は霞《かすみ》が関《せき》の喫茶店でコーヒーを啜《すす》ってから、タクシーで新宿にやってきた。まだ五時を過ぎたばかりだが、盛り場は人波であふれていた。

この街に来れば、ほとんどの欲望は充《み》たされる。それだから、多くの男女が刺激に充ちた歌舞伎町にやってくるのだろう。

人と金の集まる場所には、やくざが群れるものだ。歌舞伎町界隈《かいわい》には、暴力団の組事務所が百八十以上もある。その多くは広域暴力団の二次か三次団体だ。組員数十人の第四組織もある。

大小に拘《かか》わらず、どの組も表向きは一般のオフィスや店舗を装っている。暴対法で、代紋《だいもん》や提灯《ちょうちん》を掲《かか》げることを禁じられたせいだ。

だが、暴力団係刑事なら、誰でも組事務所は見抜ける。防犯カメラの数が多く、窓が鉄板で覆われているからだ。

百メートルほど進むと、左手に五階建てのビルが見えてきた。

小柴興産と記された袖看板《そでかんばん》が出ている。外壁の色はモカブラウンだった。間口《まぐち》は、それほど広くない。ビルの前には、黒塗りのメルセデス・ベンツがこれ見よがしに駐められている。

土門は犯歴ファイルで小柴組長の顔写真は見ていたが、面識はなかった。小柴はちょうど五十歳だが、写真では五つか六つ若く見えた。

犯歴ファイルに貼付《ちょうふ》された顔写真は、だいぶ前に撮影されたものなのかもしれない。小柴は前科三犯だった。罪名は傷害、恐喝、殺人未遂だ。

土門は小柴興産のエントランスに入った。

正面の奥にエレベーターホールがあった。エレベーター乗り場に近づくと、どこからか、力士のような大男が飛び出してきた。三十歳前後で、剃髪頭《スキンヘッド》だった。

「どちらさん？」

「本庁組対四課だ。組長の小柴は何階にいる？」

「組長？　ここは、まともな商事会社ですぜ」

「てめえと遊んでる暇《ひま》はねえんだ」

土門は言うなり、相手の向こう臑《ずね》を蹴った。大柄な男が腰を沈める。土門は、相手を突き飛ばした。

大男がエレベーターホールに倒れた。

「な、何しやがるんだっ。刑事がこんなことをやってもいいのかよ」

「堅気《ネス》みたいなことを言うんじゃねえ。ヤー公なら、ヤー公らしくしろや」

「なめやがって」

「そう！　そうこなくっちゃ」

土門は笑みを拡げながら、半身を起こした巨漢の胸板を蹴った。肋骨《ろっこつ》の折れる音が響いた。スキンヘッドの男が体を丸めて、長く唸った。

「小柴はどこにいるんだ？」

「社長は、まだ顔を出してない」

「中野坂上の家《ヤサ》にいるのか？」

「いや、多分……」

「情婦《おんな》んとこにいるんだな」

「そうじゃねえよ。社長は、区役所通りに面したＳＫビルの十階にいると思う。来月オープンするカジノバーの内装工事の捗《はかど》り具合を毎夕、見に行ってるんだ。その後、いつもオフィスにやってくるんだよ」

「そうかい」

　土門は太った大男から離れ、すぐに外に出た。花道《はなみち》通りに戻り、風林会館前から区役所通りに入る。

　目的のＳＫビルは、新宿区役所の斜め前にあった。十一階建ての白い飲食店ビルだった。土門はＳＫビルに足を踏み入れた。エレベーターで十階に上がると、左端の店舗から工事の音が聞こえた。黒いドアは開け放たれている。

　土門は工事中の店舗に無断で入った。

　小柴は、ビニールシートの掛かったルーレットテーブルに浅く腰かけていた。渋い色合のスリーピース姿だ。捜査資料の顔写真より、ずっと老《ふ》けて見える。やはり、写真は何年も前に撮《と》られたものなのだろう。

三人の若い内装工が脚立《きゃたつ》を使って、天井や壁面に塗装を施《ほどこ》している。ペンキと新建材の臭《にお》いで、むせそうだ。

「きょうの仕事は終わりだ。三人とも引き揚《あ》げてくれ」

土門は手を打ち合わせ、内装工たちに声をかけた。小柴が弾《はじ》かれたように振り向いた。

「なんのつもりなんでえっ」

「人払いをしたほうがいいと思ってな」

「誰なんだ、てめえは?」

「桜田門の土門岳人だ」

「えっ」

「おれを知らないとは、あんたもモグリだな」

「〝不敵刑事《デカ》〟の噂《うわさ》は耳にしてたが……」

「昨夜《ゆうべ》は木島の運転する無灯火のクラウンに轢《ひ》かれそうになったり、松居ってチンピラに刃物《ヤッパ》向けられたりで、さんざんだったぜ」

土門は小柴に言い、困惑した様子の三人の内装工に目顔《めがお》で出ていけと命じた。三人の若い男は短く何か言い交わし、ひと塊《かたまり》になって店から出ていった。

小柴が溜息《ためいき》をついて、ルーレットテーブルから滑り降りた。がっしりとした体軀《たいく》だが、上背《うわぜい》はなかった。百六十二、三センチしかなさそうだ。

「あんたも焼きが回ったな。なあ、組長さんよ」

「どういう意味なんでえ」

「あんたは、おれになりすました偽者の土門岳人に強請《ゆす》られたんだよ」

土門は言いながら、小柴に歩み寄った。

「汚《きたね》え野郎だ。もっともらしいことを言って、口止め料を二重奪《ど》りする気なんだろうが！　てめえの肚《はら》はわかってるぜ」

「救いようのない単細胞《マルタン》だな。それで、よく義誠会の二次組織を預かれるもんだ。本部の理事たちの靴でも舐《な》めて、小柴組を興《おこ》させてもらったのか。え？」

「き、きさまーっ」

小柴が額に青筋を立て、両の拳《こぶし》を固めた。

「汗をかきたいんだったら、少しつき合ってやってもいいぜ」

「おれは駆け出しの小僧じゃない。おめえと殴り合う気はねえ」

「なら、銃撃戦を繰り広げるか？」

「ばかを言うな。おれは実業家なんだ。いつも丸腰だよ」

「そいつは残念だ。あんたが拳銃《チャカ》持ってたら、正当防衛って名目で堂々と撃《ハジ》けたのにな」

「なんて男なんだ。誰かがおめえは頭《ペテン》がいかれてると言ってたが、確かにまともじゃねえな」

「ご挨拶《あいさつ》だね。そこまで言われたんじゃ、一発喰《く》らわせてやんなきゃな」

土門は上着の裾《すそ》を大きくはぐり、ショルダーホルスターに右手を伸ばした。

「早まるな。おれを撃ったら、もう口止め料の二重奪りはできなくなるぞ。それでもいいのか？」

「まだそんなことを言ってやがるのか。あんたから一億円をまんまとせしめた奴は、おれの名を騙《かた》ったんだ。おれは、あんたから一円だって脅し取っちゃいねえ」

「その話、本当なのか⁉」

「もちろんだ。口止め料の二重奪りを企《たくら》んでる人間がのこのことあんたの前に現われると思うか？　そんなことは自殺行為だろうが」

「言われてみれば、その通りだな。くそっ、なんてことだ」

小柴が忌々《いまいま》しげに言った。

「海千山千のやくざ者がやすやすと騙されるなんて、どうかしてるぜ。そのへんのOLや主婦だって、そんな手にゃ引っかからないだろう」

「そっちが筋者以上の悪党《ワル》だって噂を何度も同業者から聞かされてたんで、ついビビっちまったんだ。それに、そっちに化《ば》けた脅迫者は本当におれの弱みを押さえてたんでな。要求を突っ撥《ば》ねるわけにはいかなかったんだよ」

「どんな弱みをおれの偽者に押さえられたんだ？」

「それは口が裂《さ》けても言えねえな。この年齢《とし》で実刑喰《く》らったりしたら、目も当てられねえ。それにさ、そっちにたかられることにもなるだろうからな」

「それじゃ、言えるようにしてやろう」

土門は穏やかに言って、小柴の両眼を二本貫手《ぬきて》で思い切り突いた。指先に眼球の感触がもろに伝わってきた。

小柴が動物じみた唸り声を発し、両手で顔面を覆った。そのまま、その場にうずくまる。土門は乱暴に小柴を摑み起こし、その顔面をルーレットテーブルの角に打ち据《す》えた。

不快な音がした。鼻の軟骨が潰れた音だろう。小柴が痛みを訴えた。

しかし、土門は手加減しなかった。たてつづけに五回、小柴の顔を同じ場所に叩きつけた。それから頭髪を引っ摑んで、顔を上向かせた。

左の上瞼《うわまぶた》が切れ、獅子鼻《ししばな》はひしゃげていた。唇は鱈子《たらこ》のように腫《は》れ上がり、鮮血をにじませている。

「もう勘弁してくれ」

小柴が喘《あえ》ぎ声で哀願した。

「やっと喋《しゃべ》る気になったか。恐喝材料は何だったんだ？」

「保険金詐欺だよ」

「もっと詳しく言え」

「わかったよ。不動産売買、貸金業、重機のリースといった表稼業の収益《アガリ》が少なくなった上に、縄張《シマ》り内《ウチ》の飲食店やパチンコ屋から、みかじめ料が思うように入らなくなったんだ。賭場《とば》も最近は、めったに開けなくなってる。といって、御法度《ごはっと》の麻薬《ヤク》や売春《マメノシル》に手を出すわけにはいかねえ」

「だから？」

「本部に上納金を泣いてもらうことはできねえし、渡世の義理掛けも怠《おこた》れねえ。そんなこんなで、とうとうチンケな犯罪《ヤマ》踏んじまったんだ」

「前置きが長いな」

「わかったよ。追いつめられて、おれは若い組員たちに自作自演の交通事故をやらせたんだ。で、傷害車輌《しゃりょう》の損壊部分をわざと大きくさせて、鞭打《むちう》ち症《しょう》になった組員を知り合いの医者に重傷に仕立ててもらったんだよ」

「つまり、医者に偽の診断書を認《したた》めさせたんだな？」

「そうだよ。それで、損害保険会社から多額の保険金をぶったくったんだ」

「仕組んだ交通事故の件数は？」

土門は訊いた。

「十五件、いや、十六件だったな。同じ損保会社ばかりカモにしたら、怪しまれる。だから、七、八社に散らしたんだ」

「総額でどのくらい詐取した？」

「対人と対物の両方で、五億円弱だったよ。といっても、それがそっくり儲けってわけじゃないぜ。破損した車も修理してもらったし、怪我した若い者《もん》の治療費も少しはかかってるんでな」

「それでも、おいしいダーティー・ビジネスだったんだろ？」

「まあね。けど、損保関係の調査会社のベテラン社員が不審の念を懐《いだ》いて再調査しはじめたんだよ。そいつは加害者と被害者が裏で繋がってることを突きとめて、関係者に事実を語れと迫った。説得という感じじゃなく、ほとんど恫喝《どうかつ》だったらしいよ」

「それで？」

「暴走族《ゾク》上がりの若い準構成員が震え上がって、事実の一部を白状しちまったんだ。その保険調査員は渋谷署生活安全課の元刑事で、警察学校で教官をしてたこともあるらしいんだよ。だから、準構成員の梅宮譲司《うめみやじょうじ》はシラを切り通せないと考えたんだろうな」

「その保険調査員の名は？」

「皆川《みながわ》、皆川泰三《たいぞう》って男だよ。梅宮の話を聞いて、おれは焦《あせ》った。で、梅宮に皆川をなんとかしろって言ったんだ」

「殺《や》れってことだな？」

「うん、まあ」

「それで、梅宮って若造はどうしたんだ？」

「皆川を勤務先の近くで待ち伏せして、サバイバルナイフで刺し殺したんだ。で、梅宮は皆川の死体をワゴン車に載《の》せて、秩父《ちちぶ》まで運んだ。それで山奥に死体を埋めたんだよ」

「それは、いつのことだ？」

「もう二カ月ぐらい前のことだよ。皆川が路上で刺されたことはテレビや新聞で報じられた。刑事のくせに、知らなかったのか⁉」

小柴が小ばかにした口調で言った。

「殺人事件は都内で毎日のように発生してるからな。組対四課絡みの犯罪《ヤマ》じゃなけりゃ、いちいち憶《おぼ》えてないさ」

「そんなもんかね」

「皆川泰三の死体《ロク》はいまも発見されてないのか？」

「そのはずだよ。梅宮は山林の奥に深さ三メートルの穴を掘って、そこに死体を投げ入れ、しっかりと土を埋め戻したと言ってたからな」

「梅宮は犯行後、フィリピンかタイに高飛びしたのか？」

「いや、四国に逃げたんだが、先月の中旬に足摺岬《あしずりみさき》から投身自殺しちまったんだ。逃亡生活に疲れたんだろうな。逃亡資金として、二百万ほど渡してやったんだが、所持金はほとんどなかったそうだ」

「皆川泰三が勤めてた保険調査会社の名は？」

「えーと、確か『全日本損保リサーチセンター』という社名で、港区東新橋《みなとくひがししんばし》一丁目に本社がある。大手と準大手の損保会社が出資し合って、その調査会社を作ったらしい。調査員の三割は、元警官なんだってさ」

「ふうん。確認しておきたいんだが、あんた自身は殺された皆川とは一度も会ってないんだな？」

「ああ、会ってないよ。けど、皆川って野郎は、梅宮たちを操《あやつ》ってるのは組長のおれだと見当をつけてた」

「多分な。さて、本題に入るぞ。おれの名を騙った謎《なぞ》の脅迫者は、いつ、どんな形であんたに接近してきたんだ？」

「梅宮が皆川を始末して十日ぐらい経ったころ、おれの自宅に電話をかけてきたんだよ。公衆電話からの発信だった。それから、ボイス・チェンジャーを使ってるようだったな。声がとても平板で、聞き取りにくかったんだ」

「そうか。そいつは、そのときに警視庁組対四課の土門岳人だと名乗ったのか？」

「そうだよ。そして、おれに若い者を使って、保険金目当ての交通事故を仕組んだろうと切り出しやがったんだ。おれは空とぼけたんだが、十六件の交通事故の発生場所、加害者、被害者名を澱《よど》みなく喋った」

「それだけか？」

「おれが損保会社から受け取った金額も正確に言い当てたな。おれと言ってしまったが、もちろん損保会社から直《じか》に金を振り込んでもらったのは、それぞれの事故関係者だよ。後日、おれはそいつらから補償金なんかを回収したんだ」

「わかってるよ」

「それから、少し説明が足りなかったが、加害者と被害者の双方がうちの組員だったというケースは一つもないんだ。そうだったら、交通事故がイカサマだってことが子供にもバレちまうからな。役者は、若い者の知り合いのフリーターや職工だったんだ」

　小柴が長々と説明した。

「そいつもわかってるさ。それよりも、あんたが一億円の口止め料を出す気になった理由を教えてくれ。脅迫者が十六件の交通事故のことを詳《くわ》しく喋ったから、もう言い逃れはできないと観念したわけか」

「それもあるが、凶暴だと噂されてる〝不敵刑事《デカ》〟を怒らせたら、何かと損だと判断したんだよ。それに……」

「最後まで言え」

「おれに一億円を要求した男は梅宮が皆川を刺殺して、その死体をどこかに埋めたことも知ってるような口ぶりだったな」

「そうか。口止め料は、どんな方法で先方に渡したんだい？」

「相手は一億円入りのトラベルバッグを夕暮れどきに渋谷駅前のスクランブル交差点の真ん中に置けと命じたんだ。おれは指示された通りに先月の二十一日の午後六時に金の入ったトラベルバッグを車道の中央に置いて、ハチ公側に進んだんだ。歩きながら、当然、振り返ったよ」

「一億円入りのトラベルバッグを拾い上げたのは、どんな人物だった？」

「十六、七歳のケバい女の子だったよ。その娘《こ》はトラベルバッグを両腕で抱え込むと、人波を掻き分けて、あっという間にセンター街の向こうに消えちまった」

「その娘は正体不明の脅迫者に小遣いを貰って、金の引き取り役を引き受けたんだろう」

「ああ、そうだろうな」

「それ以来、自称土門岳人からは何の連絡もないのか？」

「ああ。そっちは偽者を探し出す気なんだな。だったら、そいつを見つけ出したら、身柄《ガラ》をおれに引き渡してくれないか。それ相応の礼はするからさ。おれを騙した奴をこの手で始末してえんだ」

「おれは、あんたの舎弟じゃねえぜ。おれに濡衣を着せようとした奴の正体がわかったら、こっちが裁《さば》く。おかしな邪魔をしたら、あんたを別荘に送るぜ。そいつを忘れんな」

土門は言い捨て、身を翻《ひるがえ》した。

4

応対に現われたのは初老の男だった。

東新橋にある『全日本損保リサーチセンター』だ。テナントビルの八階フロアをそっくり使っているようだった。

土門は名乗って、警察手帳を呈示《ていじ》した。すると、相手が名刺を差し出した。八代敏《やしろとし》宏《ひろ》という名の常務だった。

「二カ月ほど前にこの近くの路上で何者かに刺された皆川に関する聞き込みですね？」

「ええ、そうなんですよ。所轄署から捜査情報を得たんですが、さらに新しい手がかりを得られればと思って、こちらに伺《うかが》った次第です」

土門は言い繕《つくろ》った。

「本庁の組対四課の刑事さんが来られたということは、やっぱり皆川は暴力団関係者に刺されたんですね？」

「その可能性はあると思います」

「ここで立ち話もなんですから、どうぞこちらに」

八代常務が奥に向かった。

導かれたのは応接室だった。二人はソファに腰かけた。

「皆川がかつて警察関係者だったことは、ご存じですか？」

八代が先に言葉を発した。

「ええ、知ってます。わたし自身は皆川さんとは会ったこともありませんがね」

「そうですか。ここには百人近い社員がいるんですが、その約三割が元警官なんですよ。婦警だった社員も数名います」

「元警察官は、警備保障会社や運送会社に転職する者が圧倒的に多いんですよ。こちらのような調査会社に入れた皆川さんは、優秀な方だったんだろうな」

「仕事熱心な男でしたね」

「こちらに入社されたのは？」

「八年前だったと思います。もう退職した前の調査部部長が皆川を引っ張ってきたんですよ」

「その方は現在、悠々自適な生活をされてるのかな？」

「去年の春、肝硬変で亡くなりました」

「そうですか。所轄署で得た情報によると、皆川さんは保険金詐欺の疑いのある交通事故を洗い直してたとか？」

「ええ、そうなんですよ。ある暴力団の若い組員たちが知人の協力を得て、故意に交通事故を起こして保険金を不正請求した疑いがあったんです。それで、皆川が調査に乗り出したんですよ」

「その組員が属してた組織は？」

「まだ証拠を押さえたわけじゃないんで、そこまで話すのはちょっと……」

「義誠会小柴組の組員だったんでしょ？」

「ご存じだったのか。ええ、そうです。加害者、被害者と立場は異なってはいたんですが、十六件の人身事故に小柴組の構成員が関わってました」

「皆川さんは、どの程度まで調査を進めてたんでしょう？」

土門は問いかけた。

そのとき、応接室のドアがノックされた。八代が短く応答した。

　ドアが開けられ、女性社員が二人分の緑茶を運んできた。彼女は、ほどなく下がった。

「粗茶ですが、どうぞ」

「いただきます」

「調査はだいぶ進んでいたようです。皆川が刺される数日前に、八社の損保会社が小柴組の関係者に支払った五億円弱の保険金をそっくり返還させることができそうだと言ってましたんでね」

「それなら、ほぼ証拠固めは終わってたんでしょう」

「ええ、そうなんでしょうね」

「できたら、皆川さんの調査報告書を見せてもらいたいですね。もう所轄署から返してもらったんでしょ？」

「それがですね、皆川が路上で刺されて車でどこかに連れ去られた翌日、警察の方たちが彼の机の中をことごとく検《しら》べたんですが、調査に関する書類、録音データ、写真などはまったく入ってなかったんですよ」

「どういうことなんだろうか」

　土門は日本茶をひと口啜《すす》ってから、ラークに火を点けた。

「地元署の刑事さんは、皆川をナイフで刺した犯人が事件の前夜にでも、ここに忍び込んで自分に都合《つごう》の悪い物をそっくり盗み出したのかもしれないとおっしゃってましたがね」

「御社のセキュリティーシステムは万全なんでしょ？」

「残念ながら、万全とは言えません。侵入者がドアを抉《こじ》あけたら、一応、警報ブザーは鳴るようにはなってますが、別に警備保障会社とセキュリティー契約をしてるわけじゃありませんので」

「空き巣のプロなら、ピッキングするときに警報アラームを解除することはできるだろうな」

「ええ。多分、所轄署の方が言ったことは正しいんでしょう」

「これは単なる確認なんですが、皆川さんが経済的なことで何か悩んでた様子はありませんでした？」

「そういうことはなかったでしょう。彼は子供に恵まれなかったから、三つ年下の奥さんと二人暮らしだったんですよ。自宅も江東区《こうとうく》内にある賃貸の公団住宅ですから、給料で充分に生活できたはずです」

「何か金のかかる趣味を持ってませんでした？」

「彼はゴルフもやってませんでしたよ。ヘラ鮒《ぶな》釣りが唯一の趣味だと言ってたな。酒は嫌いじゃなかったが、いつも安い居酒屋で飲んでました。煙草も何年か前にやめたはずです」

「それじゃ、差し当たって大金は必要ないな」

「刑事さんは、皆川が保険金の不正請求をネタに強請《ゆすり》めいたことをしてたんじゃないかと疑ってるんですか⁉　彼は、皆川はそんな人間じゃありませんよ。青年のように正義感が強かったんです」

「それなら、皆川さんは保険金の不正請求を裏付ける証拠を盗まれることを警戒して、調査報告書なんかを別の場所に保管する気になったんでしょう」

「わたしもそう考えて、奥さんの綾子《あやこ》さんに訊いてみたんですよ。しかし、皆川は会社から何かを自宅に持ち帰ったことはないと言ってました」

八代がそう言い、茶で喉《のど》を潤《うるお》した。土門は煙草の火を消した。

「もう皆川は生きてないんでしょうね。おそらく彼は車の中で失血死《しっけつし》して、どこかに遺棄《いき》されたんだろうな。生コンで固められて、海の底に沈められたんでしょうか。それとも、人里離れた場所で焼かれたんでしょうかね」

「まだ確認されてませんが、生存の可能性は零《ゼロ》に近いと思います」

「頼りになる調査員だったのに」

「皆川さんと親しくされてた同僚の方がいたら、教えてもらえますか」

「職場のみんなとは何も問題は起こしたことはありませんけど、特に親しくしてた者もいませんでしたね。皆川にはちょっと孤独癖があって、仕事帰りに同僚と呑《の》み屋に立ち寄ることもなかったんですよ。いつも自宅近くの門前仲町《もんぜんなかちょう》や深川《ふかがわ》の居酒屋で、独《ひと》り酒を傾けてたようです」

「そうだったんですか。元警察官の同僚たちとも個人的なつき合いはしてなかったってことですね？」

「ええ、そうです。同じ経歴の者たちとは距離を置いてるという印象さえありました。警察関係の仕事をしてるとき、皆川は何か厭《いや》な思いをしたことがあるのかもしれませんね。彼、昔の話はあまりしたがらなかったんですよ」

「警察は職階が物を言う世界ですからね。相手がはるかに年下でも、警視や警視正には絶対に反論なんかできません。それから勝ち馬に乗って出世したいと思ってる奴も多いんですよ。だから、同輩たちの足の引っ張り合いも激しいんです。中傷や陰湿ないじめもあります。感受性の鋭い人間には、何かと辛い職業ですよ。こっちは心臓に毛が生えてますから、図太くずっと働くつもりですがね」

「どんな仕事も、それなりに辛さがあるんじゃないでしょうか。それはそうと、皆川の奥さんにお会いになってみたら？　何か手がかりを摑めるかもしれませんよ」

八代が言って、ソファから立ち上がった。いったん応接室を出て、ほどなく戻ってきた。皆川の自宅の住所をメモした紙切れを手にしていた。

土門は礼を述べ、メモを受け取った。

『全日本損保リサーチセンター』を辞去し、テナントビルを出る。第三京浜《けいひん》国道まで歩いたが、あいにくタクシーの空車は通りかからない。

路肩には何台もセダンやワゴン車が縦列に連《つら》なっている。土門は紺色のＢＭＷにごく自然に近づき、万能鍵《かぎ》でドアロックを解除した。

万能鍵が使えなかったら、エンジンとバッテリーを直結させるつもりだ。

土門は運転席に坐り、万能鍵をイグニッションキーの代わりにした。寸法はわずかに合わなかったが、エンジンは一発で始動した。

右ハンドルのＢＭＷは５シリーズだった。走行距離は一万数千キロだ。

車を発進させた直後、舗道から三十二、三歳の長髪の男が車道に飛び出してきた。焦った様子だった。ＢＭＷの持ち主だろう。

男は車道に立ち、両腕を拡げた。

土門は短くクラクションを鳴らした。それでも髪の長い男は動こうとしない。

かまわず土門はアクセルを踏み込んだ。男は慌《あわ》てて道端に寄った。土門は男の脇にＢＭＷを停《と》め、パワーウインドーを下げた。

「その車はおれのだぞ」

「ちょいと借りるだけだ」

「ふざけたことを言うな。おれの車から降りろ。降りないと、お巡りを呼ぶぞ」

「お巡りを呼ぶ必要はない。ここにいるからな」

「嘘だろ⁉　どう見たって、おたくはやくざじゃないか」

「いろんなお巡りがいるんだよ」

「お巡りなら、警察手帳を持ってるよな？　それを見せてくれたら、おたくの言葉を信じてやるよ」

長髪の男が喚《わめ》いた。土門は懐から警察手帳を取り出し、ちらちらとさせた。

「それ、ポリスグッズの店で買った模擬手帳だよな？」

「そう思いたきゃ、そう思え」

「本物の刑事だって言うのかよ。信じられない。他人の車をかっぱらう警官がいるだなんてさ」

「かっぱらうわけじゃない。ほんの数時間、借用するだけだ」

「だったら、おれの許可をとるべきじゃないかっ」

相手が言った。

「面倒臭《くせ》え奴だな。細かいことを言ってやがると、轢き殺すぞ」

「おたくは狂ってる」

「そうかもしれないな」

土門はにっと笑い、ＢＭＷを急発進した。ステアリングを左に切ると、車の持ち主は慌《あわ》てふためいて舗道に逃《のが》れた。

このくらいにしておくか。

土門はステアリングを右に戻し、無断借用したドイツ車を走らせつづけた。

江東区大島《おおじま》一丁目にある公団住宅に着いたのは、およそ三十分後だった。団地は数十年前に建てられたらしく、老朽化が目立った。

土門はＢＭＷを団地の外周路に駐《と》め、皆川の自宅のある五階に上がった。五〇六号室のインターフォンを鳴らす。

ややあって、中年女性の声で応答があった。

「どちらさまでしょう？」

「警察の者です」

「愛宕《あたご》署の刑事さんですね？」

「いいえ、本庁組対四課の者です。ご主人のことで、ちょっと追加の聞き込みをさせてもらいたいんですよ」

「わかりました。少々、お待ちになって」

「はい」

土門は少し後ろに退《さ》がった。

待つほどもなくクリーム色の玄関ドアが開けられ、平凡な顔立ちの四十八、九歳の女が姿を見せた。

「土門といいます。皆川泰三さんの奥さんですね？」

「はい、綾子です。とりあえず、玄関の三和土《たたき》に入っていただけます？」

「そうしましょう」

土門は室内に足を踏み入れた。暖かかった。

奥から、テレビの音声がかすかに流れてくる。どうやら綾子はＮＨＫのニュースを観ていたらしい。

「わたし、愛宕署の方たちに何もかもお話ししましたよ。別段、隠しごとなんかしてません」

「ええ、わかってます。所轄の者と同じようなことを訊くかもしれませんが、ご協力をお願いします」

「はい」

「ご主人は二カ月ほど前に勤務先の路上で何者かに刃物で刺されて車で連れ去られたわけですが、事件前の様子はどうでした？」

「どうって？」

「たとえば、ふだんと違って妙に落ち着きがなかったとか？」

「いいえ、そういうことはありませんでした。いつも通りでしたね」

「そうですか。ご自宅に不審な人物が訪ねてきたり、脅迫電話がかかってきたなんてことは？」

「いいえ、どちらもありません」

「実はこちらに来る前に会社に寄ってきたんですが、皆川さんは元警察官の同僚とも一緒に飲み歩くことはなかったそうですね？　渋谷署勤務のときか、警察学校で教官をされてるときに何か不快な出来事でもあったんですか？」

土門は問いかけた。綾子が困惑顔《こんわくがお》になった。

「お答えになりたくないんだったら、無理強《じ》いはしません」

「………」

「話題を変えましょう」

「いいえ、いま話します。ご存じかどうかわかりませんが、夫は警察学校で柔道の教官をしてました。そのときの教え子のひとりがオリンピックの予選に出場することになったんです」

「そうですか」

「その彼は大方の予想に反して、最有力候補の警部をトーナメント戦で破り、予選出場権を得たんです」

「大変な番狂わせだったわけだ」

「そうなんですよ。皆川が目をかけていた教え子は子供のように大喜びしたそうです。ところが、数日後の夜、その彼は過激派のヘルメットを被った数人の若い男たちに襲われて、鉄パイプと角材でめった打ちにされてしまったんです」

「大怪我をしたんですね？」

「ええ、全治三カ月の重傷だったそうです。そんなことで、その彼は予選には出場できなかったんですよ。その子の代わりに、最有力候補だった警部が予選に出たそうです。結局、その方はオリンピックには出場できなかったようですけどね」

「そうですか」

「夫は教え子が過激派らしい暴漢たちに狙われたことに何か裏があると考え、密《ひそ》かに事件を単独で捜査しはじめたんです。その結果、信じられないようなからくりが透けてきたんですよ」

「教え子を襲った連中は、予選に出た警部が雇ったチンピラか何かだったんでしょ？」

土門は、先回りして言った。

「チンピラなんかじゃなくて、その警部の部下たちだったんですよ。夫は卑劣《ひれつ》な陰謀《いんぼう》に怒って、事件の真相を暴こうとしました。しかし、横槍《よこやり》が入ったんです。問題の警部の父親は警視庁の幹部だったんですよ」

「長いものには巻かれてしまう警官が多いからな。公務員は本質的に権威に弱いんですよ」

「そうなんでしょうね。夫は警察学校の偉い方に呼ばれて、身内の恥を晒《さら》すようなことは慎《つつし》んでくれときつく言われたようです。さらに、その後、悪質なデマまで流されました」

「どんなデマだったんです？」

「皆川には男色趣味があって、大怪我させられた教え子に特別な想いを寄せてたという内容でした。夫は根も葉もない中傷をされて、ひどくショックを受けてました」

「そういう不快なことがあったんで、皆川さんは転職されたんですね？」

「はっきりと口にしたわけではありませんけど、夫は警察官全般に失望してしまったんでしょう。だから、保険調査員になったんだと思います」

「それで、元警察関係の同僚とも距離を置いてたわけか。それはそうと、ご主人は仕事関係の調査報告書や録音音声の類《たぐい》を自宅に持ち帰ったりしてませんでした？」

「愛宕署の刑事さんが夫の書斎を入念に検べてましたが、そういう物は何も出てこなかったわね」

「そうですか。皆川さんが個人的に親しくしてた新聞記者か雑誌記者はいます？」

「いなかったと思いますけどね」

「そのほか皆川さんが信頼してたような人物は？」

「幼馴染《おさななじ》みたちとはつき合ってたようだけど、しょっちゅう行き来するような友人はひとりもいなかったですね」

「そうですか」

「もう夫は、この世にいない気がします。わたし、もう諦《あきら》めてるんです。こうなったら、一日も早く夫の遺体を見つけ出してほしいわ」

綾子が語尾をくぐもらせ、目頭《めがしら》に手をやった。

土門は謝意を表し、五〇六号室を出た。そのまま一階に下った。表に出ると、暗がりで人影が揺れた。ＢＭＷの近くだった。

誰かに尾行されていたのか。

土門は暗がりに向かった。と、大柄な男が急に走りだした。じきに不審者は植え込みの中に紛《まぎ》れた。

顔は見えなかった。年恰好も判然としなかった。動きは機敏だった。追っても無駄だろう。

土門はＢＭＷに向かって歩きだした。

第二章　甘美な罠《わな》

1

　グラスが空《から》になった。

　土門はバーテンダーに目顔《めがお》でお代わりを促《うなが》した。四杯目のバーボンロックだった。ウィスキーはブッカーズだ。

　帝都ホテルのラウンジバーである。

　間もなく午前零時になる。土門は皆川の自宅を訪ねた後、宿泊先に戻った。無断借用したＢＭＷは日比谷公園の近くの路上に放置し、いったん自分の部屋に引きこもった。

　しかし、すぐに寝る気にはなれなかった。そんなわけで、このラウンジバーのカウンターに坐《すわ》ったのだ。

　後ろのテーブル席には、五組のカップルがいた。カウンターの客は、土門だけだった。

BGMがマッコイ・タイナーのピアノからビル・エヴァンスに引き継《つ》がれたとき、新しいバーボンロックが届けられた。

「ありがとよ」

土門はバーテンダーに礼を言って、ラークをくわえた。

どこの誰が自分に恐喝の罪をおっ被《かぶ》せようとしたのか。大島団地で怪しい大男を見失ってしまったことが返す返すも残念だ。逃げた男を取っ捕まえていたら、偽の土門岳人の正体がわかったにちがいない。

これまで好き放題をしてきたから、敵の数は多い。裏社会の面々はもちろん、職場の上司たちにも憎まれている。

疑えば、誰もが怪しく思えてきた。といって、そうした連中をひとりずつ締め上げるわけにもいかない。自分の名を騙《かた》って、小柴から一億円の口止め料をせしめた犯人を割り出す妙案はないものか。

土門は煙草《たばこ》を喫《す》いながら、思考を巡《めぐ》らせてみた。しかし、妙案は閃《ひらめ》かなかった。

「くそっ」

土門は前歯でラークのフィルターを噛《か》んだ。

弾みで、灰がオードブル皿に落ちた。スモークド・サーモンは、まだ半分も食べていなかった。忌々《いまいま》しい。

　土門はロックグラスを持ち上げ、バーボンウィスキーを半分ほど一気に呷《あお》った。グラスをカウンターの上に戻したとき、甘い香水の匂《にお》いが鼻腔をくすぐった。土門は小さく振り返った。

　斜め後ろに、三十歳前後の色っぽい女が立っていた。白いウールスーツが粋《いき》だった。シナモンベージュのブラウスの襟《えり》はフリルになっている。

「失礼ですが、お連れの方は？」

「いや、いないんだ。独《ひと》り淋《さび》しく飲んでるんだよ」

「それでしたら、隣に坐らせてもらってもかまいません？　独りで自棄酒《やけざけ》を飲んだら、へべれけに酔いそうなので」

「何か厭《いや》なことがあったらしいな。よかったら、一緒に飲みましょう」

　土門は右隣のスツールを後ろに引いた。

　妖艶《ようえん》な美女が軽く頭を下げ、土門のかたわらに腰かけた。象牙色《ぞうげいろ》のハンドバッグは、右側の椅子《いす》の上に置かれた。

「何を飲む？　息を呑《の》むような美人と知り合えたんだから、どんな高い酒でも奢《おご》りますよ。ドンペリのロゼがあるかどうか、バーテンダーに訊《き》いてみるか」

「ドンペリのピンクだなんて、贅沢《ぜいたく》すぎます。酒屋さんで買っても一本三万五、六千円するんだから、こういうとこでは倍以上の値がついちゃうはずです」

「金のことなら、心配するなって」

「初対面の方にそこまで甘えられません。それにこちらが強引におつき合い願ったわけですから、ここはわたしに勘定を払わせてください」

「女に奢られるのは好きじゃないんだ。とにかく、好きな酒を飲《や》ってよ」

「それじゃ、カクテルにします。アレキサンダーがいいわ」

「わかった」

土門は喫いさしの煙草の火を消し、バーテンダーにカクテルを注文した。

「申し遅れましたけど、わたし、米良奈津子《めらなつこ》といいます」

「そう。おれは土門、土門岳人。よろしく！」

「素敵なお名前ね。男っぽいあなたにぴったり……」

「そうかな。差し支《さつか》えなかったら、自棄酒を飲みたくなった理由《わけ》を話してくれないか」

「よくある話なんです。わたし、きょう、彼氏と別れたんですよ」

「そうなのか」

「相手は九つ年上で、妻子持ちでした。いわゆる不倫だったの。でも、わたしは本気で彼を愛してました」

「そう」

「結婚してる男性を好きになったわけですから、ずっと恋人というか、愛人でもいいと思ってました。だって、彼の奥さんにはなんの罪もないもの。妻の座を奪う権利はないでしょ？」

「ま、そうだな」

「頭ではそう思ってても、やっぱり彼を独占したいって気持ちを捨て切ることができなかったの」

「別れた彼氏のほうは、どう考えてたのかな。いずれ女房と離婚して、そっちと一緒になる気はあったの？」

「ええ、そういう気持ちはあったと思います。現に彼は奥さんとは別れると何度も言ってくれました。でも、息子さんと娘さんはまだ小学生なんですよ。子育てが終わってるならともかく、そんな幼い子供たちを棄《す》てさせることは惨《むご》いでしょ？」

「その通りだが、他人《ひと》を誰も傷つけない恋愛なんて密度が薄いんじゃないのか。もともと恋愛って、エゴイスティックなものだよね。男と女が理性を忘れて、情愛の世界に足を踏み入れちまう。損得も後先のことも考えずに、とにかく突っ走る。そういう狂おしい情熱に衝《つ》き動かされなくなったら、もう恋は終わってるんじゃないのかな？」

「でも、周《まわ》りの人たちに迷惑かけたら、後味《あとあじ》が悪いでしょ？」

「それは、そうだと思うよ。しかし、他人に恨まれたり軽蔑《けいべつ》されても、愛《いと》しい相手を手に入れたい。そう考えるのが恋愛の本質だろう」

「わたしが言ってることは、きれいごとだとおっしゃりたいのね？」

奈津子は不満げだった。

会話が中断したとき、カクテルが運ばれてきた。四十年配のバーテンダーが心得顔で、さりげなく二人から離れた。

奈津子がカクテルグラスを掲《かか》げた。二人は軽くグラスを触《ふ》れ合わせた。

土門はバーボンロックを口に運んでから、先に沈黙を破った。

「話の続きだが、きれいごとと言えば、きれいごとだね。恋は盲目って言うよな？」

「ええ」

「周囲のことをあれこれ思い遣《や》る冷静さを取り戻したときは、もう情愛の世界から脱《ぬ》け出てるんだよ。男と女が本気で惚《ほ》れ合える季節は短いんだと思う。花火のように儚《はかな》いんじゃないのかな。それだからこそ、輝いて見えるにちがいない」

「あなたの恋愛観を聞いてると、多くのカップルは恋愛ごっこをしてるだけなんですね？」

「大多数のカップルは動物的な温もりを異性に求めてるだけで、メンタルな結びつきはそう強くないんじゃないのか。真の意味で深く繋がってる男女なんて、きわめて少ないはずだ」

「ニヒルなのね」

「残念ながら、人の心は不変じゃない。ちょっとしたことで揺らぐし、移《うつ》ろいやすくもある。すべての恋愛が幻想や錯覚とは言わないが、感情を持続させることは難しいもんさ」

「ええ、そうなのかもしれません。でも、永遠《とわ》の愛が幻だとしたら、なんだか人生って虚《むな》しいわ」

「だから、いつも誰かに恋してたほうがいいんだよ。終わった恋なんか早く忘れて、新しい彼氏を見つけるんだね。相手に夢中になってるうちは少女みたいに胸がときめくだろうし、生まれたことに感謝もしたくなるだろう」

「そうでしょうね」

「たった一度の人生なんだ。くよくよしながら生きたって、愉《たの》しくないじゃないか」

「それはそうですね。あなたの話を聞いてたら、三年越しの仲だった彼氏と別れたことでめそついてた自分が子供っぽく思えてきました」

「今夜は愉《たの》しく飲もうや」

「そうね」

　奈津子がカクテルを飲み干し、お代わりをした。土門もピッチを速《はや》めた。

　二人は取り留《と》めのない話をしながら、それぞれグラスを重ねた。奈津子は酔いが回ると、時々、上体を揺らめかせた。そのつど、体が触れ合う。

柔肌の感触は心地よかった。行きずりの女と一夜を共にするのも悪くない。

タイミングを計って、奈津子を部屋に連れ込もう。土門はそう考えながら、ラークをくわえた。

「いま、何か淫《みだ》らなことを考えてませんでした？」

奈津子が、いたずらっぽく笑った。

「唐突《とうとつ》に何だい？」

「男の人って、急に黙り込んだりすることがありますよね。そんなときは、だいたいエッチなことを考えてるんでしょ？」

「別れた彼氏がそうだったんだ？」

「話をはぐらかさないで、質問にちゃんと答えて」

「そっちと一緒に朝を迎えられたら、最高だろうなと夢想してたんだよ」

「やっぱり、そうだったのね。うふふ。このホテルに部屋を取ってあるのかしら？」

「ああ、二十階のデラックススイートをね。しかし、昨夜《ゆうべ》は自分の膝小僧《ひざこぞう》を抱えて眠ったんだ」

土門は言って、奈津子の横顔を熱く見つめた。

「デラックススイートに泊まってるなんて、リッチなんですね。お仕事、何をなさってるの？」

「しがない地方公務員さ。ただ、なぜか少しばかり金運に恵まれてるんだよ」

「ちょっとミステリアスな方ね」

「おれに関心があるんだったら、部屋に招待するよ」

「どうせなら、もう少しロマンチックな誘い方をして」

奈津子がそう囁《ささや》き、土門の太腿《ふともも》に手を置いた。脈はありそうだ。

「おれは無器用だから、女に気障《きざ》なことは言えない。ただ、そっちのことをもっと深く知りたい気持ちになってることは嘘《うそ》じゃないよ」

「月並な口説《くど》き文句だけど、あなたの場合は誠実さが伝わってくるわ」

「そういうことなら、二人でいい思い出を作ろう」

土門はバーテンダーに名前と部屋番号を告げ、先に腰を浮かせた。奈津子は短くためらってから、意を決したようにスツールから滑り降りた。

二人はラウンジバーを出て、エレベーター乗り場に急いだ。二十階に降りると、土門は奈津子を自分の部屋に招き入れた。

「厭なことを忘れさせて」

控えの間で、奈津子が抱きついてきた。土門は奈津子を強く抱き寄せた。奈津子の足許《あしもと》にハンドバッグが落ちた。

二人は鳥のように互いの唇をついばみ合ってから、舌を深く絡《から》めた。

土門は奈津子の舌を吸いつけるだけではなかった。上顎《うわあご》の肉を舐《な》め、舌の先で歯茎《はぐき》を掃《は》くようになぞった。意外に知られていないが、どちらもれっきとした性感帯だ。

奈津子が喉《のど》の奥でなまめかしく呻《うめ》き、熟《う》れた乳房を押しつけてきた。量感があった。

土門は奈津子の形のいいヒップを両手でまさぐりながら、ディープキスにひとしきり熱中した。唇を外すと、奈津子が息を長く吐いた。

「このまま奥の部屋に行こう」

「その前にシャワーを浴びさせて」

「後でいいじゃないか」

「ううん、駄目よ。汗臭い体で抱かれたくないの。ベッドで待ってて」

「わかった」

土門は奈津子から離れ、ベッドルームに移った。

二つのベッドの間にあるナイトスタンドだけを点《つ》け、窓側のベッドカバーと毛布を大きく捲《めく》った。手早くトランクスだけになり、ベッドに浅く腰かける。

奈津子がバスルームに入った気配が伝わってきた。

土門は煙草を吹かしはじめた。

ふた口ほど喫ったとき、ふとバスルームに行きたい衝動に駆られた。男も情事の前にシャワーを浴びるのはエチケットだ。しかし、いきなり奈津子の全裸を見てしまうのは何かもったいない気がする。少しずつ裸身を目にするほうが刺激的だ。

土門は思い直して、紫煙をくゆらせつづけた。

いまは奈津子は、どこを洗っているのか。淫猥《いんわい》な想像をしていると、にわかに下腹部《はら》が熱を孕んだ。亀頭が膨《ふく》らみ、陰茎も伸び上がった。まるで高校生に逆戻りしたようだ。

土門は自嘲《じちょう》し、ラークの火を揉《も》み消した。ベッドに仰向《あおむ》けになり、時間を遣《や》り過ごす。

待つ時間は、やけに長く感じられた。

十分ほど経過すると、白いバスローブ姿の奈津子が寝室に入ってきた。いくらか照れ臭そうだった。

「おれもシャワーを使うのが礼儀だよな？」

「ううん、わたしは平気よ」

「いいのか？」

「ええ。それより、あなたに打ち明けなければならないことがあるの」

「まさか実は、ニューハーフなんだなんて言い出すんじゃないだろうな。そういうのは勘弁してほしいね」

「実は、若気の至《いた》りで少し肌を汚してしまったの」

「彫《ほ》りものを入れてるのか⁉」

「ええ、背中に緋牡丹《ひぼたん》の刺青《いれずみ》をね」

「そっちは、どこかの姐《あね》さんなのか？」

土門は驚きを込めて訊いた。

「ううん、わたしは素《す》っ堅気《かたぎ》よ。でもね、二十一、二歳のころ、変わり者の彫り師に夢中になったことがあるの。その彼は東京芸大出の洋画家だったんだけど、自分の画風に行き詰まりを感じて、いったん絵筆を折ってしまったのよ。その後、いろんな経《い》緯《きさつ》があって刺青師になったの」

「その男に肌絵《はだえ》を彫られてしまったんだな」

「ううん、逆よ。わたしが彫ってほしいと頼んだの。わたしは彼にぞっこんだったし、そこまで犠牲を払えば……」

「彫り師がそっちの気持ちを受け入れてくれると思ったわけか」

「ええ、そうなの。彼はわたしが熱い想《おも》いを打ち明けると、黙って抱いてくれたわ。だけど、それっきりでした。彼は独身だったんだけど、つき合ってる女が三人もいたの」

「なぜ、刺青を消さなかったんだ？　昔はともかく、いまなら消す方法もある」

「ええ、そのことは知ってます。わたし、わざと消さなかったの」

「どうしてなんだ？」

「出来映えがみごとだったし、自分の愚かさを忘れないようにするため、敢《あ》えてこのままにしておくことにしたの」

「見せてくれないか」

「いいわ」

奈津子がくるりと背を向け、バスローブのベルトをほどいた。肩からバスローブが少しずつ滑り落ちはじめた。

やがて、緋牡丹が露《あらわ》になった。墨《すみ》と朱《しゅ》の濃淡が効き、曙《あけぼの》と呼ばれるぼかしも美しい。透《す》けるような白い肌が刺青によって、一段と際立《きわだ》っている。

「どう？」

「どきりとするほど魅力的だよ」

土門はベッドから離れ、奈津子の真後ろに立った。項《うなじ》と肩口にくちづけしながら、バスローブを床に落とす。

「これほど美しい肌絵は見たことないよ」

土門は巨身をこごめ、舌の先で緋牡丹の外彫《そとぼ》りの線をゆっくりと舐めはじめた。

「刺青にキスされると、とっても感じちゃうの」

奈津子が上擦《うわず》った声で言い、裸身を海藻のように揺らめかせた。その動きは、なんとも煽情的《せんじょうてき》だった。

土門は片膝を床に落とし、刺青をくまなく唾液《だえき》で濡《ぬ》らした。

「すごく興奮してきたわ」

奈津子が前に向き直った。目の高さに艶《つや》やかに光る飾り毛があった。顔を上げると、たわわに実った乳房が見えた。

「ナイスバディだな」

土門はにっこりと笑って、奈津子の腰に両腕を回した。

そのとき、額に冷たい感触を覚えた。奈津子は水平二連式のデリンジャーを握《にぎ》りしめていた。小さい。掌《てのひら》に隠れてしまうほどの大きさだった。

「動かないで！」

「どういうことなんだ⁉　おれは色仕掛け《ハニートラップ》に引っかかったのか？」

「そうよ。あんた、警視庁組対《そたい》四課の土門岳人でしょ？」

「ああ、そうだ。なんだって、このおれを罠に嵌《は》めたんだ？」

「いまさら白々しいわ。刑事のくせに恐喝《カツアゲ》やるなんて、いったいどういうつもりなのよっ」

「おれが恐喝をやったって⁉　誰を脅《おど》したって言うんだ？」

「往生際が悪いわね。横浜の港南花菱会《こうなんはなびしかい》から五千万円の口止め料を脅し取っといて！」

「恐喝を働いたのは、おそらくおれの名を騙《かた》った別人だよ」

「言うに事欠《ことか》いて、そんな見苦しい嘘までつくの！　あんたみたいな悪党刑事は死んだほうが世のためだわ」

「濡衣を着せられたままで殺されるわけにはいかねえな」

土門はデリンジャーを奪い取り、奈津子を突き飛ばした。奈津子は尻餅《しりもち》をつき、横倒れに転がった。

土門は立ち上がり、デリンジャーを握り込んだ。

2

奈津子が上体を起こした。

弾《はず》みで、乳房が揺れた。土門は屈《かが》み込み、デリンジャーの銃口を奈津子の心臓部に押し当てた。

「玩具《おもちゃ》みたいな弾《たま》でも、これなら標的を撃ち抜ける」

「う、撃つ気なの⁉」

「場合によってはな。それより、そっちはおれを射殺する気でいたのか？」

「わたしには、そこまでできないわ」

「確かに頼まれて、おれを生《い》け捕《ど》りにするつもりだったんだな？」

「……」

「そいつは、港南花菱会の関係者なんだなっ」

「わたし、何も喋《しゃべ》らないわよ」

奈津子が口を引き結んだ。

土門は左手で奈津子の頰を挟み、徐々に力を加えていった。じきに奈津子が苦しがって、口を大きく開ける。すかさず土門は、デリンジャーの銃身を奈津子の口中に突っ込んだ。奈津子の眼球が恐怖で盛り上がった。

「引き金を絞りゃ、そっちは一巻の終わりだぞ。いくつなんだ？」

「三十一よ」

「女のくぐもり声はセクシーだな。まるでフェラチオされてるようだ。ついでに、デリンジャーを少ししゃぶってみるか？　金属の味しかしないから、物足りねえだろうけどさ」

「ぬ、抜いて、お願い！」

「喋る気になったらしいな」

土門はデリンジャーを引き抜いた。短い銃身は唾液《だえき》に塗《まみ》れていた。

「港南花菱会の会長に頼まれたのよ」

「会長の名は？」

「大坪和雄《おおつぼかずお》よ」

「そっちとは、どういう関係なんだ？」

「わたし、大坪の世話になってるの」

「つまり、情婦《いろ》ってわけか」

「ええ、そういうことになるわね」

「おれになりすました奴が、大坪って会長から五千万円を脅し取ったとか言ってたな？」

「恐喝《カツアゲ》をやったのは、本当にあんたじゃないの？」

「ああ、おれじゃない」

「それじゃ、脅迫者はあんたに恨みを持ってる奴なのかもしれないわね。誰か思い当たる？」

「いや、思い当たる奴はいないな」

「いかにも悪そうだものね、あんた」

「言ってくれるな。そんなことより、大坪はこの近くで待機してるんじゃないのか？」

「ええ、まあ」

「曖昧《あいまい》な答え方だな。一発ぶん殴ってやるか」

「殴らないで。彼は、大坪はこのホテルの一四〇一号室で待ってるの。あんたの顔に催涙《さいるい》スプレーの噴霧《ふんむ》を浴びせたら、スマホで大坪に連絡することになってたのよ」

「催涙スプレーはハンドバッグの中に入ってるんだな？」

「そうよ」

「大坪は、謎の脅迫者にどんな弱みを握られたんだ？」

「詳《くわ》しいことはわからないけど、組織が管理してる少女売春グループのことを知られてしまったみたいね。女子中学生たち二十数人に客を取らせてるのよ。出会い系サイトを使ってね。部屋住みの若い衆たちが女の子になりすまして、スケべな男たちを上手に誘ってるの」

「ロリコン趣味のある奴らが買春《かいしゅん》してるわけか」

「そうなの。最近は、高校生よりも中学生のほうが高い値がつくんだって。どんなプレイにも平気で応じる娘《こ》はショートで六万円も貰《もら》ってるそうよ。もっとも大坪会長のところで四割をピンハネしてるから、その娘《こ》の取り分は三万六千円ってことになるけど」

「それにしても、いい値がつくもんだな。高級娼婦《しょうふ》並のプレイ代じゃねえか」

「そうね。高校生になると、ぐっと値が下がっちゃうみたい。だから、一日に三、四人の客を取ってる中学生もいるそうよ。ブランド物に凝《こ》ったり、しょっちゅうスマホを使ってたら、とても小遣いだけじゃ足りないものね」

　奈津子が言った。

「暴力団が管理売春をやってることは、いわば公然たる秘密だ。それだけじゃ、たいした弱みにならない。大坪は、少女売春の客たちを強請《ゆす》ってたんだろう？　あるいは、中学生の女の子たちに各種ドラッグの売人をさせたのかな」

「……………」

「急に耳が遠くなったのか。仰向けになって、股《また》をおっぴろげろ！　デリンジャーの銃身を大事なとこに突っ込んでやる」

「大坪会長は、女子中学生と遊んだ客たちに名画の複製を五十万とか八十万で売りつけてたみたいよ」

「客たちの身許《みもと》は、どうやって探り出したんだ？　そいつらがシャワーを浴びてる隙《すき》に、売春中学生に運転免許証とか身分証明書を盗み見させてたのか」

「ええ、そういう話だったわ」

「悪知恵の発達した野郎だ。少女買春の客をただ脅したんじゃ、恐喝罪になっちまう。しかし、名画の複製を真作と言わなきゃ、売り値が少々高くても、必ずしも詐欺にはならないからな」

「そうでしょうね」

「トランクス一枚になったんだ。このまま、スラックスを穿くのも間《ま》が抜けてるな」

「あんた、わたしを犯す気なの⁉」

「くわえてもらおうか」

土門はトランクスを脱ぐと、奈津子の頭を引き寄せた。

「わたしは大坪会長の情婦《おんな》なのよ。わたしにおかしなことをしたら、あんた、殺されるわ」

「言われた通りにするんだっ」

「後悔するわよ」

奈津子が忠告した。土門は、デリンジャーの銃口を奈津子の側頭部に突きつけた。

奈津子は観念したらしく、指でペニスを刺激しはじめた。少し経つと、土門の欲望はめざめた。

ほどなく土門は含まれた。

奈津子の舌技は巧《たく》みだった。男の体を識《し》り抜いていた。快感の漣《さざなみ》が体の奥から、腰に向かってひたひたと押し寄せてくる。

「上手だな。最高だ」

土門は奈津子の頭を左腕で引き寄せ、自《みずか》ら腰をダイナミックに躍《おど》らせはじめた。強烈なイラマチオだった。

奈津子は喉を詰まらせ、息苦しそうだ。苦悶《くもん》の色が濃い。土門は一層、サディスティックな気分になった。がむしゃらに突きまくった。

「お、終わらせて。もう出しちゃって」

奈津子が聞き取りにくい声で言った。

土門は腰をいったん引いた。奈津子をベッドの際《きわ》にひざまずかせ、その上半身をフラットシーツに押し倒した。

「オーラル・セックスだけにして。わたしがあんたに姦《や》られたとわかったら、大坪会長は狂ったように怒ると思うわ」

「かもしれねえな」

「二人とも彼に殺されることになるかもしれないのよ。だから、もう堪忍《かんにん》して」

「もうブレーキが利かない」

土門は奈津子の背後に両膝をつき、猛《たけ》った分身を襞《ひだ》の奥に一気に沈めた。突き刺すような挿入だった。

奈津子が全身でもがきはじめた。

土門はデリンジャーを左手に移し、右手で奈津子の秘部を探った。感じやすい突起を愛撫《あいぶ》すると、それはすぐに痼《しこ》った。生ゴムの塊《かたまり》のような手触りだった。

「そんなことしないでよ。そこをいじられたら、感じちゃうじゃないの。やめてよ、手を引っ込めて」

奈津子が訴えた。しかし、ほどなく抗《あらが》う様子は見せなくなった。官能に火が点いたようだ。

土門は指で肉の芽を圧《お》し転がしながら、リズミカルに抽送《ちゅうそう》しつづけた。

数分後、奈津子が腰を妖しくくねらせはじめた。大胆な迎え腰だった。

土門はデリンジャーを横ぐわえにすると、ゴールに向かって疾駆《しっく》しはじめた。

肉と肉が烈《はげ》しくぶつかり合い、ベッドマットが弾みに弾んだ。奈津子が啜《すす》り泣くような声を撒《ま》き散らしている。

やがて、土門は爆《は》ぜた。脳天が甘く痺《しび》れ、奈津子の体内で分身が反った。

射精感は鋭かった。

土門は呼吸が鎮《しず》まってから、奈津子から離れた。床のバスローブを拾い上げ、手早く股間を拭《ぬぐ》った。トランクスを穿《は》き、先に身繕《みづくろ》いをする。

「わたしたちがしたこと、大坪会長には内緒にしといてもらえるでしょ？」

奈津子が不安顔で言った。

「行きがけの駄賃で、そっちを抱いただけだ。大坪と張り合う気なんかない」

「それなら、黙っててくれるわよね？」

「ああ、わかった。早く体を洗ってこいよ」

「これから、どうする気なの？」

「大坪の部屋に入る前に罠を見破られたと言っとくんだな」

「えっ⁉」

「パトロンには、この部屋に入る前に罠を見破られたと言っとくんだな」

「その話、信じてもらえるかしら？」

「さあ、なんとも言えないな。後は適当にうまくやってくれ」

土門は言って、コンパクトなソファに腰かけた。

奈津子が曖昧なうなずき方をして、床からバスローブを抓《つま》み上げた。バスローブを素肌に羽織《はお》ると、すぐに彼女は寝室から出ていった。

土門は数分経《た》ってから、控えの間に移動した。洒落《しゃれ》たモケット張りのソファに腰かけ、煙草を吹かす。

奈津子の話によると、港南花菱会の大坪会長も裏ビジネスのことで、自称土門岳人に五千万円の口止め料を脅し取られたらしい。小柴も、やくざ者だ。

しかし、大坪は横浜のアウトローである。港南花菱会は本庁組対四課の捜査対象団体ではない。なぜ、偽者の土門岳人は神奈川県警の管轄内で恐喝を働いたのだろうか。

警視庁ではなく、警察庁の人間が自分を陥《おとしい》れようとしたのか。それとも、広域暴力団のどこかに濡衣を着せられたのだろうか。どちらとも、まだ判断はつかない。

ただ、正体不明の脅迫者が裏社会に精《くわ》しいことは間違いないだろう。それを考えると、やはり警察関係者か暴力団関係者に絞ってもよさそうだ。一匹狼《いっぴきおおかみ》のブラックジャーナリストや総会屋崩れも視野に入れてもいいが、そうした連中に恨みを買った覚えはない。

暴力団にたかることは別にかまわないが、自分を犯人に仕立てるのは赦《ゆる》せない。正体不明の〝敵〟を早く突きとめて、きっちりと決着《オトシマエ》をつけてやりたい。

土門は、短くなったラークの火を揉み消した。

奈津子がバスルームから現われたのは、それから十数分後だった。きちんとスーツを着て、化粧もしていた。赤いルージュが光沢を放っている。

「妙な気を起こすなよ」

土門はソファから立ち上がり、奈津子と一緒に部屋を出た。カーペットの敷き詰められた廊下は、ひっそりと静まり返っていた。

二人はエレベーターで十四階に下った。

土門は、奈津子に一四〇一号室のドアフォンを鳴らさせた。デリンジャーの銃口は、奈津子の背に当てていた。

ややあって、ドアの向こうで足音が響いた。

「わたしよ」

奈津子がドア越しに告げた。すると、中年男の圧《お》し殺した声が流れてきた。

「スマホを鳴らすって段取りになってたはずじゃねえか」

「ちょっと手違いがあったのよ。ラウンジバーで、例の奴に怪しまれそうになったの。それで、急いでここに逃げてきたのよ」

「なんてこったい」

「とにかく、部屋の中に早く入れて。例の奴が追ってきたかもしれないの」

「それは危《ヤバ》いな」

男の慌《あわ》てた声がして、部屋のドアが開けられた。

土門は奈津子を先に押し入れ、一四〇一号室に躍《おど》り込んだ。目の前に、四十七、八歳の脂《あぶら》ぎった感じの男が立っていた。げじげじ眉《まゆ》で、角張った顔をしている。中肉中背だ。

「大坪だな?」

土門はデリンジャーの銃口を男に向けた。

「そのデリンジャーは、おれが奈津子に渡したものじゃねえか。ということは……」

「そう、おれは罠に気づいたのさ。それで、デリンジャーをいただいたってわけよ。もう一度訊く。港南花菱会の大坪和雄だな?」

「そうだよ。てめえがおれを強請《ゆす》った警視庁組対四課の土門岳人だなっ。組の若い者にそっちの動きを探らせてたんだ」

「おれは確かに土門だが、あんたから五千万円の口止め料を脅し取ったのは別人だよ。おれの偽者さ」

「なんだって⁉」

大坪が目を剝《む》き、奈津子が顔を向けた。

「この男性《ひと》が言ってることは事実みたいよ」

「奈津子、うまく言いくるめられたようだな」

「そうじゃないわ。ね、よく考えてみて。ここにいる刑事さんが例の脅迫者なら、わざわざこの部屋に来ると思う？　そんな危《ヤバ》いことはしないんじゃない？」

「確かに、奈津子の言う通りだな」

「そうでしょ？　会長は偽者にまんまと五千万円を騙し取られたのよ。土門岳人と名乗った男とは電話で喋っただけで、直《じか》には一度も会ってないと言ってたわよね？」

「ああ。先方が指定した橋の上から、五千万円入りのリュックサックをモーターボートの中に落としただけだからな」

「モーターボートを操縦してた奴は？」

土門は会話に割り込んだ。大坪が少し迷ってから、口を開いた。

「黒いフェイスキャップを被ってたから、顔はよくわからなかったんだ。けど、体格《ガタイ》のでっかい野郎だったよ。上背《タッパ》は、おたくぐらいあるんじゃねえかな」

「金の受け渡し場所はどこだったんだ？」

「横浜駅東口の国道一号線と並行してる築地橋だよ。犯人のモーターボートは約束の時刻から二十分ぐらい遅れて、川上の方からゆっくりと下《くだ》ってきたんだ。モーターボートは築地橋の真下で、通告通りにペンライトを明滅させた。だから、おれは札入りのリュックサックをモーターボートの船内に落としたんだよ」

「モーターボートは横浜港方向に進んだんだな？」

「そうだよ。おれは組の若い衆に水上バイクで追跡させたんだが、結局、犯人には逃《フ》げ《ケ》られちまった」

「それは、いつのことだったんだ？」

「三週間ぐらい前だよ。強請られた理由は勘弁してくれねえか。神奈川県警に手柄立てさせたくねえだろ？　警視庁は隣接してる埼玉、千葉、神奈川の各県警と反《そ》りが合わねえって話だからさ」

「本庁は各県警を軽く見てるからな。だから、隣接してる三県警が桜田門にライバル意識を剝き出しにしてる。そのため、都県による合同捜査がなかなかうまくいかないんだよ」

「そうなのか。おれは、てっきり脅迫者がおたくだと思ったから、情婦《いろ》に色仕掛けまでさせる気になったんだ。けど、無駄骨を折ったわけか。まいったな」

「おれが犯人だったら、このデリンジャーで頭を撃《ハジ》くつもりだったのか？」

「うん、まあ。もちろん、その前に奪われた五千万円は回収するつもりだったさ」

「抜け目がないな。その後、自称土門岳人から連絡は？」

「何も言ってこねえな。渡世人を強請りやがったんだから、いい度胸してるぜ。ひょっとしたら、犯人は同業者なのかもしれねえな」

「どうしてそう思う？」

「堅気《ネス》や半グレ野郎じゃ、こんな犯行《ヤマ》は踏めねえよ」

「ま、そうだろうな。しかし、警察関係者なら、別にヤー公は怕《こわ》くないだろう」

「おたく、同業の暴力団係《マルボウ》刑事の仕業《しわざ》だと思ってんの⁉」

「その可能性はありそうだ。ほかの課の刑事の犯行《ヤマ》かもしれないがな」

「どっちにしても、警察関係者が一枚嚙んでるってわけか」

「なんとなくそう思えてきたよ。ただの勘だがな」

「東京の友好団体から〝不敵刑事《デカ》〟の噂《うわさ》は、いろいろ耳に入ってるよ。おたくは相手が誰だろうと、気に入らねえ奴は半殺しにしちゃうんだってな。それから女狂いで、手当たり次第に姦《や》っちまうらしいね」

「噂ってやつは、いろいろ尾鰭《おひれ》が付くもんさ」

「そうかね。おたくと奈津子、ずっとラウンジバーにいたのか？」

「ああ」

「なんか怪しいな。どこかで、奈津子に突っ込んだんじゃねえの？」

大坪が言って、奈津子に顔を向けた。奈津子が救いを求めるような目で土門を見た。

「確かに、おれは女好きだ。けどな、見境なく女を犯したりしないよ。あんたの情婦《いろ》には指一本触れてない」

「そうかい。おたくは好き放題やってるようだから、身内にも恨まれてるんじゃねえのか？　早いとこ犯人を取っ捕まえてくれや。おれの五千円を取り戻してくれたら、おたくに半分やるよ」

「おれは取り立て屋《キリトリ》じゃねえぞ」

「冗談だよ。デリンジャー、没収なんかしないだろ？　返してくれねえか」

「いいだろう」

土門は笑顔で言い、大坪の顔面に左ストレートをぶち込んだ。体重《ウエイト》を乗せたパンチだった。

大坪は数メートル後ろに引っ繰《く》り返った。土門はデリンジャーを部屋の奥に投げ、一四〇一号室を出た。

3

趣味が悪過ぎる。

壁には大鹿の剝製《はくせい》が飾られ、ペルシャ絨毯《じゅうたん》の上には白熊の毛皮が敷かれている。頭上のシャンデリアもセンスがよくない。

中野坂上にある小柴の自宅の応接間だ。

土門は深々とした総革張りの白いソファに坐り、煙草を喫《す》っていた。港南花菱会の大坪会長にパンチを見舞った翌日の午後二時過ぎである。

応接間のドアが開き、小柴が姿を見せた。大島紬《おおしまつむぎ》の和服を着ている。角帯を締め、白い足袋《たび》を履《は》いていた。

しかし、少しもいなせには見えない。それどころか、かえって野暮《やぼ》ったい感じだ。

「旦那《だんな》が突然やってきたんで、少々、面喰《めんく》らいましたよ」

「だろうな」

「で、用件は何なんです？」

「ま、坐れや」

土門は正面の長椅子を見ながら、顎《あご》をしゃくった。

「ここは、おれの家《ヤサ》ですぜ。どっちが主《あるじ》かわからねえな」

「ぼやくなって。遠慮なく坐ってくれ」

「まいったな」

小柴が微苦笑《びくしょう》して、土門と向かい合う位置に腰かけた。

「横浜の港南花菱会のことは知ってるな？」

「伊勢佐木町《ザキ》を縄張り《シマ》にしてる組織ですね」

「そうだ」

「つき合いはありませんが、知ってますよ。港南花菱会がどうしたんです？」

「昨夜《ゆうべ》わかったんだが、港南花菱会もおれになりすました野郎に裏ビジネスの件で強請られて、五千万の金を騙し取られてることがわかったんだ」

「ほんとですかい⁉」

「ああ」

土門はラークの火を消し、詳しいことを話した。

「旦那が言ったように、恐喝材料は少女売春だけじゃなく、名画の複製を買春客に高値で引き取らせたことなんでしょうね」

「ああ、おそらくな」

「それにしても、横浜の組織も咬《か》まれてたとは驚きましたよ」

「これは推測なんだが、おれの偽者は組関係者《くみ》じゃないな。筋噛《すじか》んでる奴は、組織の系列や友好関係を気にするはずだ」

「それは言えてますね。親分や兄貴の兄弟分をたどっていくと、たいていどこかで繋《つな》がってますからね。下手なことをやったら、そいつは全国に絶縁状を回されることになります」

「そうだな。破門扱いなら、別の組に入れてもらえるが、絶縁状を回されたら、足を洗うほかない」

「ええ、そうですね。旦那の名を騙った奴は、絶縁状を回された元組員なんじゃないのかな」

「いや、そうじゃないだろう。おれの勘だと、偽者は警察関係者だと思うよ」

「なるほど、それも考えられますね」

「小柴、警察に被害届を出してくれねえか。正体不明の脅迫者に一億円脅し取られたってな」

「ちょっと待ってよ、旦那。毟《むし》り取られた一億は惜《お》しいけど、そんなことをしたら、警察にわざわざこっちの弱みを教えることになるでしょうが？」

「保険金詐取のことで強請られたなんて言う必要はないさ。あんたには、確か女子大生の娘がいたよな？」

「ええ、います。娘は北海道の大学に行ってるんで、札幌で暮らしてますけどね」

「その娘が帰省中に誘拐《ゆうかい》されたってことにすればいいさ」

「しかし、そんな作り話は通用しないでしょ？　警察でいろいろ腹を探られたら、もっと痛手を被《こうむ》ることになる。非合法な商売をいくつもやってるわけですからね。悪いけど、協力はできないな」

小柴が拒《こば》んだ。

土門は黙って立ち上がり、背後のマントルピースに近づいた。大理石の上には、アンティーク・ドールが飾ってあった。

「こいつは西洋骨董《こっとう》なんだろ？」

「ええ。ルイ王朝時代の人形ですよ」

「高かったんだろうな」

「新車のレクサスとほぼ同じ値段でした」

「ふうん」

「旦那、何を考えてるんです？」

小柴が訝《いぶか》しんだ。

土門は無表情で人形をケースごと持ち上げ、床に叩きつけた。それだけではなかった。スリッパで人形を強く踏みつけた。アンティーク・ドールの首は捥《も》げ、手脚《てあし》も折れた。ドレスも捩《よじ》れている。

「何をしやがるんだっ」

小柴が気色《けしき》ばんで、勢いよく腰を上げた。

「飾り棚の上にある絵皿は、古伊万里《こいまり》だよな」

「そうだよ。絵皿も叩き割るつもりなのか⁉」

「あんたが素直に被害届を出せば、古伊万里は割らねえよ」

「なんて刑事なんだっ。やくざだって、そこまではやらねえぞ」

「どうする？」

「わかったよ。旦那の言う通りにすらあ。被害届はどこに出せばいいんだ？」

「組事務所の管轄署の新宿署に出してもらおうか。おれの偽者が警察関係者なら、いずれ被害届が出されたことを知るかもしれないからな」

「それはどうかね。旦那になりすました犯人が新宿署にいなけりゃ、被害届のことはわからねえと思うがな」

「そういうことにならないよう、おれも手を打っておくよ」

「どんな手品を使う気なんだ？」

「そいつは教えられない。これから、一緒に新宿署に行こうや。といっても、おれは署内には入らないがな」

「こっちがちゃんと被害届を出すかどうか見届けたいわけだ？」

「そうだよ。それじゃ、出かけよう」

土門は促《うなが》した。

小柴が先に応接間を出て、玄関ホールで部屋住みの若い組員を呼んだ。角刈りの二十二、三歳の男が奥から飛び出してきた。

「出かけるぞ。車の用意をしとけ」

小柴が若い男に命じた。男は急いでポーチに出て、ガレージに向かった。

土門は小柴とともに玄関を出て、ブリリアントシルバーのベンツＳＬ600の後部座席に並んで腰かけた。

「社長、どちらまで？」

「新宿署だ」

「えっ」

「心配するな。何か危《ヤバ》いことで出頭するわけじゃない。ちょっと相談があってな」

「それを聞いて、安心しました」

角刈りの男が明るく言って、高級外車を静かに発進させた。

ベンツは住宅街を走り抜けると、丸ノ内線中野坂上駅の脇から青梅街道に入った。

新宿署は西新宿六丁目にある。青梅街道に面していた。

ひとっ走りで、新宿署に着いた。ベンツは来客用の駐車場に入れられた。

「おれは車の中で待ってる」

土門は小柴に告げた。

小柴が黙ってうなずき、ベンツを降りた。急ぎ足で署内に入る。

「お客さんは刑事さんだそうですね。姐《あね》さんがそう言ってたんです」

運転席の男が言った。かすかに北関東の訛《なまり》があった。

「そうだが、それが何なんだ？」

「刑事って、カッコいいですよね。おれ、小学生のとき、刑事に憧《あこが》れてたんですよ。だけど、中学に入ったら、グレちゃったんで、夢は夢で終わっちゃったけど」

「栃木あたりの非行少年《ワル》だったんだろう？」

「そうです。おれ、まだ栃木訛《なまり》が抜けてないんですね？　うへぇ、カッコ悪《わり》い！」

「方言を恥じることはないさ。無理して標準語を喋る必要はないんだ」

「お客さんは東京育ちなんでしょ？」

「そうだが……」

「だから、そんなことが言えるんですよ。東京にいる地方出身者は、誰も方言コンプレックスに悩まされたはずです。おれは十八んときに上京したんですけど、最初の一年はなるべく他人《ひと》と喋らないようにしてました」

「方言が気になったからか?」

「ええ、そうです」

「ばかだな。三代続いた江戸っ子なんか、都民の二割もいないんだぜ。ほかは地方出身者の子孫ばかりなんだ。都民の大多数は田舎者なんだから、妙な劣等感なんか持つことないのに」


「だけど、地方出身者の多くが東京弁で話してるじゃないですか。訛ったりしたら、なんか他人《ひと》に軽く見られるような気がしてね」

「他人にどう見られたって、いいじゃないか」

「そうなんですけど、やっぱ、クールな都会っ子に見られたいっすよ」

「田舎者丸出しのほうが愛嬌《あいきょう》があって、おれは好きだね」

「そうですか。それじゃ、無理して都会人ぶらないようにするかな」

「そのほうがいいって」

「なんか元気が出てきたな。ところで、組長《オヤジ》は何を相談に行ったんです？」

「そういうことは詮索《せんさく》しないほうがいい。それより、そっちは渡世人には向かないな。できるだけ早く足を洗えや」

「おれ、やくざには向きませんか？」

「ああ。筋者で伸びてる奴はどこか残忍で、計算も立つ。そっちはお人好しそうだし、悪党になれないタイプだ」

「おれ、悪党《ワル》の素質はあると思うけどな」

「それじゃ訊くが、義理や金のためだったら、好きな女をソープランドや風俗店に嵌《は》められるかい？」

　土門は訊いた。

「それはできないかもしれませんね」

「友人や親兄弟から借りた金を踏み倒せるか？」

「多分、それもできないと思います」

「やっぱりな。坊や、このまま田舎に帰りな。何年ヤー公やっても、貫目《かんめ》が上がる見込みはないって」

「けど、おれ、もう盃《さかずき》を貰ってるんですよ。足を洗うとなったら、小指《エンコ》飛ばすか、最低五百万の詫《わ》び料を用意しないとね」

「おまえは、まだ駆け出しなんだ。おれが小柴に話《ナシ》をつけてやろう」

「でもなあ」

「とっとと小柴の家《ヤサ》に戻って、荷物をまとめて栃木に帰れ。おまえみたいな半ちくな野郎が裏社会を要領よく渡れるわけない」

「初対面のおれのことをどうして気にかけてくれるんです？」

角刈りの若い男が上体を捻《ひね》った。

「ただの気まぐれさ」

「それだけですか？」

「実はな、おれの母方の曾祖父《ひいじい》さんは宇都宮出身なんだ。だから、おれにも少しは栃木県人の血が入ってるわけさ。なんとなく余計なお節介をしたくなったのかもしれないな」

「刑事さんは漢《おとこ》ですね。やくざの中にしか漢はいないと思ってましたけど」

「いまの渡世人の中に、漢なんかいないよ。どいつも義理人情よりも銭《ぜに》を大事にしてるハイエナみたいな奴らばかりさ」

「確かにね。おれ、小柴組に入ってから、何かが違うなって、ずっと心のどこかで思ってたんですよ」

「だったら、すぐに逃《フ》げ《ケ》ちゃえ。後《あと》のことは、おれに任せろ」

「このご恩は一生、忘れません。おれ、船田《ふなだ》といいます。刑事さん、せめてお名前だけでも教えてください」

「こういうクサい遣《や》り取りは苦手なんだ。いいから、早く消えろって」

「いろいろありがとうございました」

船田と名乗った男は頭《こうべ》を垂れると、急いでベンツを降りた。そのまま彼は、駆け足で遠ざかっていった。柄にもないことをやってしまった。

土門は照れながら、ラークに火を点けた。

一服し終えたとき、懐でスマートフォンが鳴った。土門はスマートフォンを取り出し、ディスプレイに視線を落とした。発信者はフリーライターの沙里奈だった。

「よう！　その後、恋人の様子はどうだい？」

「きのう、麻衣を城南医大病院の精神科に連れてったの。やっぱり、軽度のうつ病だって診断されたわ」

「芸術家は凡人と違って、感性が研《と》ぎ澄まされてるから、傷つきやすいんだろうな。で、どんな薬を処方されたんだい？」

「『デジミン』という抗うつ剤を処方されたの。一年ほど前に開発された新薬で効き目があるって話だったけど、実際、その通りだったわ」

「一日に何錠服《の》めって？」

「朝夕一錠ずつ服用してくれってことだったわ。麻衣はたった二錠服《の》んだだけで、数時間だけだけど、とっても明るい表情を見せるようになったの。ハミングもしたのよ」

「そいつは劇的な変化だな」

「ええ。ただ『デジミン』は効き目が早いんだけど、その薬効が長く持続しないようなのよ」

「二、三時間経《た》つと、また塞《ふさ》ぎ込んじまうわけか」

　土門は確かめた。

「そうなのよ。抗うつ剤を服む前よりも、表情が暗くなっちゃうの。目も虚《うつ》ろになっちゃうわね」

「そうか。二錠目を服ませたら、前のように明るくなった？」

「ええ、まるで別人のようにね。うつと躁《そう》の落差が大きいんで、戸惑《とまど》ってしまうわ」

「そうだろうな。そういうことが繰り返されながらも、少しずつ回復に向かうんじゃねえのか？」

「それを期待してるの」

「だいぶ前に本で読んだんだが、うつの治療は焦《あせ》らずに気長に治すことがベストらしいぞ」

「そうなんでしょうね。外傷なんかと違って、徐々に心を病《や》んだんだろうから、一朝一夕《ちょういっせき》に治るなんてことはないんだろうな」

「しかし、うつ病の多くは治るって話だから、本人も同居人も決して諦めないことだよ」

「そうね」

「ただ、うつ状態が長くつづくと、厭世的《えんせいてき》な気分が強まるらしい。だから、気を抜かねえほうがいいな」

「わかってる。麻衣に自殺なんかされたら、わたし、生きていけなくなっちゃう」

「沙里奈、万が一のことがあっても、絶対に後追い自殺なんかするなよ。おまえさんにとって、版画家は生き甲斐《がい》とも言える存在なんだろうが、おれにはそっちがかけがえのない女なんだからさ」

「ありがとう。土門さんとは永久に恋仲になることはないと思うけど、そう言われると、嬉《うれ》しくなるわ。あなたの友情に感謝しなくちゃね」

「友情じゃなく、恋情と言い直してくれ」

「そういうことを平然と言うから、どんなに甘いことを言われても、ストレートに受けとめられないのよね」

沙里奈が苦笑しながら、そう言った。

「おまえさんはわかってねえな。おれは根がシャイだから、思ってることをそのまま表現できないんだ。どうしても屈折《くっせつ》しちまうから、冗談めかした言い方になるんだよ」

「土門さんがわたしを女と見てくれても、こちらの心は男に近いわけだから、恋愛は成立しないわよ」

「いまに見てろって。おまえさんの心を女そのものにしてみせるから。そうなったら、麻衣ちゃんとロシアンルーレットで決闘するか。それまでは、せいぜい美人版画家を大事にしてやれや」

　土門は先に通話を切り上げた。

　スマートフォンを上着の内ポケットに突っ込んだとき、小柴が戻ってきた。土門はパワーウインドーを下げた。

「旦那、うちの若い者《もん》は？」

「船田って奴は、やくざになり切れねえよ。だから、田舎に帰れって言ってやったんだ」

「それじゃ、あいつは中野坂上のおれの家に？」

「ああ。荷物をまとめたら、まっすぐ栃木に向かうだろう」

「勝手なことをされちゃ、困るな。船田は下っ端も下っ端だが、一応、小柴組の組員ですからね」

「あいつを長く飼《か》ってても、使いものにならねえよ。だから、なんのお咎《とが》めもなしに足を洗わせてやれや」

「ちょっと考えさせてください」

「四の五の言ってると、小柴組を解散に追い込むぞ」

「わかりましたよ。船田は自由にしてやりましょう」

「さすが組長だ。太っ腹じゃないか」

「からかわないでください」

「それより、もっともらしい被害届《タレ》は出してきたんだろうな？」

「ええ。一応ね。途中で話の辻褄《つじつま》が合わなくなって、少し焦りましたけど」

「そうかい。それじゃ、今度は桜田門まで運転を頼まあ」

「組長のおれにベンツのハンドルを握れって言うんですか⁉」

「大物ぶるなって。おれを本部庁舎まで送ってくれたら、あんたを解放してやるよ」

「タクシーを拾って上げますから、ここで勘弁してほしいな」

「おれは、あんたとドライブしたいんだよ」

「やくざをいじめて、何が面白いんですっ」

小柴が腹立たしげに言って、ベンツの運転席に坐った。

土門は笑いを堪《こら》えた。小柴が車を急発進させた。精一杯の腹いせのつもりなのだろう。

ベンツが警視庁に着いたのは、およそ三十分後だった。

「ご苦労さん！　おれの偽者が何らかのリアクションを起こすかもしれない。いつもそっちの居所がわかるようにしといてくれ」

土門は小柴に言って、車を降りた。

ベンツは逃げるように走り去った。土門は十八階建ての本部庁舎に入ると、エレベーターで十一階に上がった。同階には企画課、警務部人事第一課のほかに、公安委員室、警視総監室、副総監室などがある。

土門は副総監室を訪ねた。

平岡文隆副総監は執務机に向かって、何か報告書に目を通していた。

「珍客だな。また無理難題を吹っかけに来たんじゃないのかね？　話を聞く前に寿命が縮みそうだよ」

「ちょっとした頼みがあるだけです。坐らせてもらいますよ」

土門は勝手に応接ソファに腰かけた。平岡が執務机から離れ、土門と向き合う位置に坐った。

「頼みごとって？」

「おれの名を騙《かた》った奴が新宿と横浜の暴力団から、合わせて一億五千万円を騙し取ったんですよ」

土門はそう前置きして、詳しい話をした。

「きみになりすました者は、いったい何者なんだろうか」

「思い当たる奴はいませんが、そいつは警察関係者なのかもしれません」

「土門君、そういうことを軽々しく言ってはいかんよ。何か根拠でもあるのか？」

「それはありません。直感ってやつです」

「科学捜査の時代に、ずいぶんアナログなことを言うんだね。刑事の勘や直感だけで結論を出すのは、よくないな」

「おれには協力できないってわけか」

土門はぞんざいに言って、脚《あし》を組んだ。副総監が悔《く》やむ顔つきになった。

「副総監を含めて三十人近いキャリアたちの不正や醜聞を暴いたら、気分がスカッとするだろうな」

「土門君、何をすればいいんだね？　言ってくれないか。できるだけのことはやらせてもらうよ」

「そいつはありがたいな。悪徳警官の摘発に励《はげ》んでる本庁警務部人事一課監察と警察庁《サッチョウ》の首席監察官に働きかけて、おれの偽者が恐喝をやってるって話をここはもちろん、各署に流してほしいんですよ」

「犯人が警察関係者なら、何か反応を示すと考えたんだね？」

「そういうことです」

「きみは自分の手で、濡衣を着せた人間を追い込むつもりなんだな」

「そのつもりです。だから、応援は迷惑です。おれは自分だけの力で、事件を解決したいんですよ」

「犯人を個人的に裁く気なんだな。それはまずいよ、法治国家なんだから。闇《やみ》捜査は問題だ、いくら何でもね」

「副総監は、おれを怒らせたいようだな。そうなら、自爆覚悟でいつでも導火線に火を点けてもかまいませんよ」

「土門君、落ち着いて話し合おうじゃないか。きみの望みを全面的に叶《かな》えるよう、最大の努力を払う。それでいいね？」

「結構です」

土門はほくそ笑《え》んで、上着のポケットから煙草とライターを取り出した。

4

また、笑い声が弾《はじ》けた。

六本木三丁目にあるチャイニーズ・レストランの個室《コンパートメント》だ。銅版画家の麻衣は席についたときから、はしゃぎ通しだった。

かたわらの沙里奈が高笑いをやんわりと窘《たしな》めたが、麻衣はいっこうに控え目にはならなかった。躁状態なのだろう。『デジミン』という新しい抗うつ剤は、かなり効き目があるようだ。

土門はそう思いながら、北京ダックを頬張った。副総監室を訪ねてから三日後の夜だ。

円卓には、沙里奈、麻衣、土門のほかに弁護士の黒須もいた。四人は、久しぶりに食事をしようということになったのだ。

「先生、人生を愉《たの》しんでる?」

麻衣が黒須に言って、紹興酒《しょうこうしゅ》を口に運んだ。

「まあ、適当にね」

「人間、生きてるうちが華《はな》だと思うわ。それだから、わたし、プラス思考で生きることにしたの。そうしたらね、コンクールに入賞できなかったこともスプリングボードにすればいいんだと思えるようになったのよ」

「そう。失敗や挫折は、新たなパワーの源《みなもと》になるからね。そういう前向きな姿勢は大事だよ」

「黒須先生は前向きに生きてる?」

「そう問われると、顔を伏せたくなるな。弁護士になりたてのころは少しは正義感に燃えてたんだが、いまは金になる民事ばかりを手がけてる」

「先生は、もう充分に稼いだでしょ? 今後は、人権派弁護士として刑事事件を積極的に手がけてみたら? 人生お金だけじゃ、虚《むな》しいでしょ?」

「耳が痛いね」

黒須が肩を竦《すく》め、ダンヒルに火を点けた。

「少し酔ったみたいね。麻衣、わたしたちは先に失礼しようよ」

沙里奈が同性の恋人に小声で言った。

「わたし、まだ帰りたくない。だって、すごく愉しいんだもん」

「それじゃ、少しお酒を控えなさい」

「はーい」

麻衣が童女のような答え方をして、土門に酔顔を向けてきた。

「土門警部補、ちゃんと職務に精出してる？」

「おれは職場で浮いちゃってるから、仕事らしい仕事を回してもらえないんだよ」

「だからって、職務を怠《おこた》ってちゃ駄目でしょうが。公務員は国民の税金で食べさせてもらってるんだから、俸給分はちゃんと働かないとね」

「おっしゃる通りです」

土門は道化《どうけ》て見せた。

「こんなときに、ふざけるのは狡《ずる》いわ」

「妖精《ようせい》みたいな麻衣ちゃんに叱《しか》られても、怒る気にならないんだよ」

「そういう逃げ方も卑怯《ひきょう》だね」

「別に逃げたつもりはないがな」

「ううん、逃げたのよ。そうなの、そうなんだってば」

「いい加減にしなさいっ」

沙里奈が顔をしかめ、麻衣の手からグラスを奪い取った。

「好きにさせてやれよ。おれも黒さんも迷惑してるわけじゃないんだからさ」

「でも、今夜の麻衣は飲み過ぎよ。悪いけど、わたしたちは先に失礼するわ」

「まだ九時前だぞ。もう少しいいじゃないか」

土門は引き留《と》めた。黒須も土門に同調する。

だが、沙里奈は麻衣を強引に椅子から立ち上がらせた。麻衣は少しぐずったが、沙里奈の手を払うことはなかった。

「二人ともごめんね」

沙里奈が土門と黒須に謝《あやま》り、麻衣を個室から連れ出した。

「麻衣ちゃん、完全に躁状態だったな」

黒須が言った。

「抗うつ剤のせいだろうね」

「すごい効き目だな」

「そうだね。しかし、沙里奈の話だと、躁状態は長くつづかないらしい。反動で、うつ状態になったときの塞《ふさ》ぎ込み方は極端みたいですよ」

「だろうね。日本人の七人にひとりは、うつ病の気《け》があるってデータを見たことがある。しかし、おれたちはストレスを溜《た》め込んだりしないから、うつ病になることはないだろう」

「黒さんは、そうでしょうね。しかし、命懸《が》けで日本の治安を守ろうとしてるおれはストレスの塊だから、そのうち心のバランスを失いそうだな」

「似合わない冗談言うなって。それはそうと、協力してほしいというのは？」

「おれの名を騙って、恐喝《カツアゲ》をやってる野郎がいるんですよ」

土門はビールで喉を湿らせてから、これまでの経過をつぶさに語った。

「土門ちゃんの勘は当たってると思うよ。おそらく、偽者は警察関係者だろう。そいつは何らかの形で、元刑事の保険調査員の皆川泰三と繋がりがあったんじゃないかな。たとえば、かつて同じ職場の上司と部下の関係だったとかさ」

「皆川は警察学校の柔道の教官をやってたらしいんです。そのときの教え子ってことも考えられるな」

「そうだね。偽者が本庁組対四課にいるとは思えないな。犯人が桜田門にいるとしたら、別の課の者だろう」

「あるいは、所轄署勤務の奴なのかもしれない」

「そうだな。土門ちゃん、四谷署できみに誤認逮捕の責任を全面的におっ被せた上司には何もしなかったの？」

「青梅署に飛ばれたとき、夜道で一発殴ってやりましたよ」

「それだけかい？」

「ええ」

「なら、その元上司が誰かを使って土門ちゃんに濡衣を着せた可能性はなさそうだな。半殺しにされたんだったら、そのことを根に持って、きみを陥《おとしい》れようと考えるかもしれないが……」

「そうですね。黒さん、急に金回りのよくなった警察官《サツカン》がいるかどうか、裏社会の連中や情報屋にそれとなく訊いてみてくれないかな」

「オーケー、わかった」

「副総監が動いてくれただろうから、そのうち犯人が何かリアクションを起こしそうな気もしてるんだ」

「多分、狙い通りになるだろう。一応、少し動いてみる」

「ひとつよろしく！　特に予定がないんだったら、銀座のクラブを奢《おご》りますよ」

「せっかくだが、美帆が高輪のマンションで待ってるんだよ。三週間ほどナニしてないんで、昼間、あいつ、妙に苛《いら》ついてたんだ。だから、今夜はお注射してやろうと思ってるんだよ」

「そういうことなら、早目に帰宅させてやりませんとね」

「まだ大丈夫だよ。コース料理を頼んだんだから、途中で全員が消えちゃったら、この料理長のプライドを傷つけることになるじゃないか」

「それもそうですね。それじゃ、もう少しつき合ってもらうか」

「ああ、いいよ。そうだ、おれのジャガーの買い手がついたんだ」

黒須が言いながら、煙草の火を消した。

「誰に売りつけることになったんです？」

「手形のパクリ屋に四百七十万で引き取ってもらうことになったよ。その男には、いろいろ悪知恵を授《さず》けてやったから、厭な顔ひとつしなかった」

「商売人だな、黒さんは」

「いざとなったら、頼りになるのは金だけだ。あこぎに儲けるよ。人間は裏切るが、銭は常に味方になってくれるからね」

「おれも楽して泡銭《あぶくぜに》を手に入れてるが、金銭に執着する気持ちはないな。あればあるだけ使って、できるだけエンジョイしたいんです」

「土門ちゃんは貧乏の惨《みじ》めさを味わったことがないから、そんなふうに金に恬淡《てんたん》としてられるんだよ。おれなんか、ガキのころに神社の賽銭《さいせん》を紐《ひも》付きの磁石《じしゃく》で釣り上げて、メロンパンやコロッケパンを買ってさ、ひもじさを充《み》たしてたんだ。たらい回しにされてた親類の家では、腹一杯に飯を喰《く》えなかったからね」

「その話は以前、聞いたことがあります」

「そうだったっけな。考えてみれば、哀《かな》しいことさ。しかし、暗い生い立ちが人の生き方や考え方を歪《ゆが》ませても、ある程度は仕方がないと思うよ。見苦しい自己弁護に聞こえるだろうな」

「いや、その通りだと思います」

土門はそう応じ、ビールから紹興酒に切り替えた。

残りの料理が次々に運ばれてきた。二人は雑談を交わしながら、せっせと箸《はし》を動かした。

小柴から連絡があったのは、デザートが届けられた直後だった。

「例の脅迫者が接触してきたんだな？」

土門はスマートフォンを耳に当て、低い声で訊いた。

「そうなんですよ。犯人は、おれが新宿署ででたらめな話をしたことまで知ってましたから、旦那が言ったようにお巡りなんだと思います」

「で、何か新たに要求されたのか？」

「ええ。今夜十一時半に、指定した場所に現金二千万円を持って来いとね。受け渡し場所については、後で連絡すると言ってました」

「いま、組事務所にいるのか？」

「いいえ、自宅でさあ。旦那、どうしましょう？」

「金は用意できるのか？」

「ええ、なんとか」

「それじゃ、おれはあんたの家に向かうよ。いま、六本木で飯を喰《く》ってんだ」

「わかりました。それじゃ、待ってます」

小柴が電話を切った。

土門はスマートフォンを懐に戻し、黒須に通話内容をかいつまんで伝えた。

「犯人が自分で現ナマを取りには現われないだろう」

「ええ、多分ね。誰か使いの者が二千万を取りに現われるんでしょう。おれはそいつを尾行して、偽の土門岳人を踏ん捕まえるつもりです」

「土門ちゃん、ひとりじゃ危険だろうが。助《ス》けるよ」

「ドンパチにはならないだろうから、助っ人は必要ないでしょう」

「そうか。何かあったら、電話をしてくれ。腕力には自信がないが、荒っぽい連中は何人も知ってるから」

黒須が言いながら、腰を上げた。

土門たち二人は個室を出た。勘定を払ったのは土門だった。五万数千円だった。

二人は店の前で別れた。

土門はタクシーで中野坂上に向かった。三十分弱で、小柴の自宅に着いた。

門柱のインターフォンを鳴らすと、小柴の妻が迎えに現われた。四十二、三歳で、派手な造りの顔をしている。元ダンサーだ。

「旦那は？」

「応接間でお待ちしております」

「栃木に帰った船田って奴から何か連絡は？」

「きのう、夫宛《あて》に速達で詫び状が届きました」

「そう。あいつは渡世人にはなりきれないと思ったんで、おれが勝手に田舎に帰らせたんだ。旦那は面白くなかったんだろうがね」

「夫は、刑事さんの判断は間違ってなかったと言ってました。確かに船田は、非情になり切れない子でしたからね。わたしも、これでよかったんだと思っています」

「そう」

土門は先にアプローチの石畳を踏み、玄関に入った。玄関ホールに面した応接間に入ると、小柴がコーヒーを啜っていた。

コーヒーテーブルの上には、ビニールの手提《てさ》げ袋が載《の》せてあった。中身は二千万円だろう。

「手提げ袋の中には、札束が入ってるんだな？」

「ええ、そうでさあ。この二千万を渡したら、合計一億二千万をたかられたことになる。おれも、なめられたもんです」

「五億近い保険金を詐取したんだから、たいした痛手じゃねえだろうが」

土門は冷ややかに言って、小柴の斜め前に腰かけた。小柴はデザインセーターを着ている。下はウールスラックスだ。

「おそらく犯人は、代理人に二千万円を受け取らせる気だろう」

「でしょうね」

「あんたは金を代理人に渡したら、まっすぐ自宅に戻ってくれ。おれは代理人を尾《つ》けて、自称土門岳人に迫る」

「それから、どうするんです？」

「あんたにそこまで教えなきゃならねえ義務はないと思うぜ」

「それはそうですが……」

小柴が鼻白《はなじろ》んだ表情で言い、マグカップを持ち上げた。

それから間もなく、組長の妻が土門のコーヒーを運んできた。彼女は、すぐに応接間から出ていった。

土門は小柴とコーヒーを飲みながら、犯人からの連絡を待ちつづけた。小柴のスマートフォンが着信音を発したのは、十時四十分ごろだった。

小柴が緊張した面持ちでスマートフォンを耳に当てた。遣り取りは割に短かった。

「組長、犯人からの電話だな？」

「そう。二千万円は、西武新宿線の下落合《しもおちあい》駅のそばにある落合中央公園に指定した時刻に持って来いってさ」

「園内のどのあたりで待てと言われたんだ？」

「広場で待ってろって指示だったな。花柄のネッカチーフを被った七十年配の女が金を受け取りに行くと言ってた」

「そうか。おれは先に落合中央公園に行く。あんたは、さっき言った通りにしてくれ。こっそり代理人を尾行したりするなよ。公園のどこかで、犯人がこちらの動きを探ってるのかもしれないからな」

「わかりました」

「それじゃ、おれは指定場所に向かう」

土門は腰を上げ、応接間を出た。小柴邸を出て、大通りでタクシーを拾う。

十数分で、落合中央公園に着いた。公園は神田川に接していた。

土門はあたりに人影がないことを確認してから、園内に足を踏み入れた。外は凩《こがらし》が吹きすさんでいた。公園には、人っ子ひとりいない。樹木の枝が揺れ、葉擦《はず》れの音だけが高かった。

土門は、わざと遊歩道を進まなかった。どこかに犯人が潜《ひそ》んでいたら、すぐに目についてしまうからだ。樹木の間を縫うように歩き、広場に接近する。

土門は繁みの中に身を隠し、時間を遣り過ごした。

ビニールの手提げ袋を持った小柴が姿を見せたのは、十一時二十分ごろだった。彼はデザインセーターの上に、黒革のハーフコートを重ねていた。

まともに寒風に晒《さら》されているからか、背を丸めている。いかにも寒そうだ。足踏みもしていた。

暗がりから花柄のネッカチーフを被った老女が現われたのは、およそ十分後だった。身なりは、みすぼらしい。路上生活者《ホームレス》なのだろうか。

小柴が七十絡《がら》みの女に歩み寄って、何か問いかけた。老女が大きくうなずいた。小柴は相手にビニールの手提げ袋を渡すと、足早に公園の出入口に向かった。

代理人と思われる老女は手提げ袋の中を覗《のぞ》き込んでから、のろのろと歩きだした。

土門は中腰で広場に沿って進み、七十年配の女を尾行しはじめた。

ネッカチーフを被った女が公園を出た。下落合駅の脇を抜け、新目白通りに出る。

その通りに沿って、中落合二丁目交差点まで歩いた。

老女は山手通り側のガードレールの前に立ち、車道に目を向けはじめた。

数分が過ぎたころ、彼女の前に灰色のエルグランドが停止した。すぐにハザードランプが灯《とも》され、運転席から大柄な男が降り立った。

土門は物陰に隠れた。目を凝らす。

大男は、四谷署刑事課知能犯係の中森友輝《なかもりゆうき》警部補だった。三十五歳のはずだ。土門は四谷署勤務時代に幾度か一緒に酒を酌《く》み交わしたことがあった。

しかし、それだけで個人的なつき合いは一切《いっさい》していない。中森は陰気な性格で、取っつきにくかった。

背恰好《せかっこう》は土門とよく似ていた。頭髪も短い。丸刈りに近いスポーツ刈りだ。

中森は老女からビニールの手提げ袋を受け取ると、エルグランドの中に戻った。

土門は物陰から飛び出した。

大声で中森の名を呼ぼうとしたとき、エルグランドが走りだした。中森は、土門に気づかなかったようだ。

土門は老女に歩み寄り、警察手帳を短く呈示した。

「わたしゃ、悪いことなんかしてないよ。いま車で走り去った男に頼まれて、デートクラブのチラシを代理で受け取っただけだからね」

「中身は二千万円の現金だったんだよ。エルグランドに乗ってた奴は、恐喝を働いたんだ」

「共犯者じゃないよ、わたしゃ。三万円くれるって言うから、落合中央公園で印刷物を代理で受け取っただけ」

ネッカチーフの女が口に唾《つば》を溜《た》めながら、懸命に弁明した。

「おばあちゃんを逮捕したりしないから、安心してくれ。車で去った奴は、なんて名乗ってた？」

「土門、土門岳人と言ってたよ」

「それは、おれの名前さ」

「えっ⁉　なんで三万円くれた男は、あんたになりすましたの？」

「何か理由《わけ》があって、おれに濡衣を着せたかったんだろう」

「わたしゃ、わけわかんないよ。貰った三万円、あんたに渡したほうがいいんだったら、返すよ。ちょっと待ってて」

「いいんだよ。貰った金で何か体があったまるもんでも喰えばいいさ」

土門は老女の肩を叩いて、大股で歩きだした。

第三章　消された恐喝刑事

1

ベッドの横でスマートフォンが鳴った。

土門は、ルームサービスで部屋に届けてもらった軽食を摂《と》っていた。千代田区紀尾《きお》井町《いちょう》にあるシティホテルの一室だ。

自分の名を騙《かた》っていた男が四谷署の中森刑事であることを突きとめた翌日の正午過ぎである。

土門はコンパクトな椅子《いす》から立ち上がって、ナイトテーブルに近づいた。スマートフォンを摑《つか》み上げる。ディスプレイには、黒須のフルネームが表示されていた。

「黒さん、美人秘書のご機嫌は直りました？」

「ああ。ベロが痛くなるくらい、あちこち舐《な》め回してやったからな」

「おれ、そこまでは訊《き》いてないですよ」

「そうだったな。昨夜《ゆうべ》は、すっかりご馳走《ちそう》になってしまったね。そのうち、鮨《すし》でも奢《おご》るよ。それはそうと、ちょいと気になる現職警官が浮かび上がってきたんだ。朝から方々《ほうぼう》に電話して、情報集めをしたんだよ」

「恩に着ます。それで、気になる奴というのは？」

「四谷署刑事課知能犯係の中森友輝って刑事だよ」

「やっぱり、そうだったか」

「土門ちゃん、やっぱりって、どういうことなんだ？」

黒須が言った。土門は前夜の出来事を手短に話した。

「そうだったのか。占有屋《せんゆうや》をやってる男の情報によると、中森は一カ月ほど前に女房の名で競売にかけられた土地付きの三階建て賃貸マンションを一億四千万円で落札したというんだよ。その物件は高円寺《こうえんじ》にあるらしいんだが、知り合いの占有屋もインターネットで入札したというんだ。しかし、一億一千万以上は出せないんで、そいつは諦《あきら》めたみたいなんだ。しかし、どうしても手に入れたくて、東京地裁の係員に小遣いやって、落札者の名を聞き出したんだってさ」

「そう」

「占有屋は落札者が堅気だったら、高円寺の賃貸マンションで一家心中があったという作り話をして、一億一千万円で譲ってもらうつもりだったらしいんだよ」

「ところが、落札者の夫が現職警官なんで、高円寺の物件を手に入れることは断念したんだね？」

「ああ、そう言ってた。中森って刑事は副業にマンション経営することを思い立って、小柴組と港南花菱会から総額一億七千万円を脅《おど》し取ったんじゃないのかな。小柴組の保険金詐取《さしゅ》の証拠は、元刑事の保険調査員の皆川泰三から何らかの方法で手に入れた。土門ちゃん、そういう推測は可能だろ？」

「そうだね。おれ、四谷署勤務時代に何度か中森と酒を飲んだことがあるんですよ。といっても、親しかったわけじゃないんですが」

「そうだったのか。中森と何かで揉《も》めたことでもあるのか？」

黒須が訊いた。

「一度もないですよ、そういうことは。ただ、中森は生真面目《きまじめ》なタイプだから、おれとは肌が合わないと思ってたんだろう」

「体型は、土門ちゃんと似てるのか？」

「よく似てますね。顔立ちは違うが、特殊メイクでおれそっくりに化けることはできそうだな」

「そうか」

「中森は以前、夫婦で都内の官舎に住んでたんだが、いまもそこで暮らしてるのかな」

「いや、いまは恵比寿《えびす》の民間マンションに住んでるそうだよ」

「黒さん、中森の自宅の住所まではわからないでしょうね」

「それも一応、占有屋から教えてもらったよ。正確な所番地《ところばんち》まではメモしてないが、渋谷区恵比寿三丁目にある『恵比寿アビタシオン』ってマンションの八〇八号室に住んでるって話だったな」

「そう。助かったよ。これから四谷署に行って、中森を揺さぶってみます」

「土門ちゃん、中森が手に入れた競売物件を超安値で買って転売すれば、一億前後の利鞘《りざや》は稼げるぜ」

「そういう面倒なことはしたくないね。その気になれば、裏社会の連中をいくらでも強請《ゆす》れますから」

「それもそうだな」

「黒さん、ありがとう」

土門は電話を切り、椅子に戻った。食べかけの昼食を掻《か》き込み、外出の仕度《したく》を整えた。

このホテルには、一週間分の宿泊保証金を預けてある。土門は九〇二号室を出ると、一階ロビーに降りた。

表玄関で、客待ちしていたタクシーに乗り込む。行き先を告げると、四十七、八歳の運転手は返事もしなかった。

「四谷じゃ近過ぎて、商売にならねえってことかっ」

「え？」

「客が行き先を告げたら、ちゃんと返事をしろや。ワンメーターそこそこの客なんか、どうでもいいと思ってやがるのかっ」

「わたし、小声で返事をしましたよ」

「嘘《うそ》つくな」

土門は運転席の真後ろのプラスチック製の防犯ボードを拳《こぶし》で叩き、憤然《ふんぜん》と車を降りた。さらに後輪を蹴《け》ると、タクシーは慌《あわ》てて走り去った。

次に乗り込んだタクシーの運転手は初老の男で、愛想がよかった。土門はタクシーを四谷署まで走らせ、運転手に一万円札を手渡した。

「釣りはいらない」

「しかし、料金は千円未満ですよ」

「煙草《たばこ》でも買えばいいさ」

「わたし、十年ぐらい前に煙草をやめたんですよ」

「だったら、缶コーヒーでも買ってくれ」

「そうですか。それでは、そうさせてもらいます。ありがとうございます」

タクシードライバーが深々と頭を下げた。

土門は面映《おもはゆ》かった。タクシーを大急ぎで降り、四谷署の玄関ロビーに入る。土門は階段を使って、二階に上がった。

刑事課を覗《のぞ》くと、顔見知りの巡査部長と目が合った。

「土門さん、どうもお久しぶりです」

「元気そうじゃないか。前の課長は、品川区の荏原《えばら》署に転属になったんだってな？」

「そうなんですよ、去年の人事異動でね」

「恨みのある男だから、まだ四谷署にいたら、肋骨《ろっこつ》を二、三本折ってやるつもりだったんだが……」

「過激なことをおっしゃる。きょうは、どのようなことで？」

「中森は？」

「奥にいると思いますよ」

「ちょっと呼んでくれないか。おれは廊下で待ってる」

土門は言って、出入口から少し離れた場所にたたずんだ。

一分ほど待つと、私服の中森が刑事課から出てきた。

「しばらくです。職務で四谷署《うち》にいらしたんですか？」

「おまえ、おれに何か恨みでもあるのか？」

「何をおっしゃってるんです⁉」

「とぼけるなって。昨夜《ゆうべ》、おれは中落合二丁目交差点の近くで、エルグランドに乗ってるおまえを見てるんだ。おまえはホームレスっぽい婆《ばあ》さんからビニールの手提《てさ》げ袋を受け取ると、急いで車で走り去った。手提げ袋の中身は二千万の現金だろう。おまえが義誠会小柴組の組長から脅し取った銭だよな。その前に、おまえは小柴から一億円の口止め料をせしめてる。小柴が組員たちに交通事故をわざと起こさせて、損保会社から五億円弱の保険金を詐取した事実を恐喝材料にしてな」

「土門さん、待ってくださいよ。わたしには、話がよくわかりません。このわたしが、やくざの組長から金を脅し取ったと？」

「そうなんだろうが！　揺さぶったのは小柴組だけじゃない。おまえは横浜の港南花菱会からも、五千万円をせしめたはずだ。会長の大坪が少女売春婦と遊んだ客たちに名画の複製を高く売りつけたことを恐喝材料にしてな」

「わたしは現職の刑事ですよ。そんなことをするわけないでしょ」

「あくまでもシラを切るつもりかっ」

土門は中森に体当たりした。

中森がよろけた。土門は足を飛ばした。前蹴りが中森の腹部を直撃する。中森が唸りながら、その場にうずくまった。

「おまえがヤー公を脅すことは別にかまわない。けどな、おれに罪をなすりつけたことはどうしても赦《ゆる》せねえんだよ」

「わたしが土門さんに罪をなすりつけたですって⁉　それは何かの間違いです」

「しぶといな、おまえも。きのうの晩、花柄のネッカチーフを被《かぶ》ってた婆さんも、おまえが土門岳人と名乗ったことを証言してるんだ。もちろん、小柴も大坪もおれの名を騙った男に強請られたと口を揃《そろ》えてる」

「わたしには、まったく身に覚えがありません」

「ふざけるな！　おまえが女房の名前で競売にかけられた高円寺の三階建て賃貸マンションを一億四千万円で落札したことも調べ上げてるんだ。その購入資金が欲しくて、おまえは恐喝を働いたんだろ？」

「わたしにおかしな言いがかりをつけるなっ」

中森が声を荒らげ、土門の脚《あし》に組みついてきた。土門は、中森の頭頂部に右の肘打《ひじう》ちを見舞った。中森が這《は》いつくばった。

土門は後退し、中森の腹を蹴り上げた。中森が呻《うめ》きながら、廊下を転げ回りはじめた。そのとき、騒ぎを聞きつけた捜査員たちが刑事課から飛び出してきた。四人だった。

「おまえらは引っ込んでろ！」

土門は四人を睨《ね》めつけた。

するし、刑事のひとりが口を開いた。面識のない男だった。

「あんたが中森警部補に乱暴したんだな？」

「それがどうした？　中森の野郎は、おれを罪人にしようとしたんだ。邪魔すんじゃねえ」

「あんたも警察官《サツカン》なのか？」

「本庁組対《そたい》四課の土門だ。中森と個人的に決着をつけようとしてるだけだから、おまえらは口出しするな！」

「しかしね」

「うるせえ！」

土門はショルダーホルスターのシグ・ザウエルＰ230ＪＰの銃把に手を掛け、中森を荒々しく摑み起こした。

「ばかな真似《まね》はよせ」

「頭がおかしくなったのか⁉」

「クレージーだ。狂ってる」

刑事たちが口々に言った。

「みんな、騒ぐな。おれの邪魔をしたら、署長以下全員をどこか片田舎に飛ばしちまうぜ。キャリアの連中は、おれには逆《さか》らえねえ理由《わけ》があるんだ」

「大物ぶるな」

馴染《なじ》みのない刑事が口を歪《ゆが》めた。土門は拳銃を引き抜く真似をした。すると、刑事たちは我先に刑事部屋に引っ込んだ。

「外で話をしようじゃねえか」

土門は言って、シグ・ザウエルP230JPを中森の上着の中に潜《もぐ》り込ませた。

中森は素直に歩きはじめた。ほとんど同時に、四人の刑事がこわごわ刑事課の出入口から顔を突き出した。

「わたしのことなら、心配いりません。どうか自席に戻ってください。お願いします」

中森が歩きながら、同僚たちに言った。四人の刑事は顔を見合わせたが、誰も追ってはこなかった。

土門は中森と肩を並べて階段を降り、四谷署を出た。数百メートル離れた場所に割に大きな寺院がある。確か本堂の手前に、墓地の出入口があったはずだ。

土門は、その寺まで中森を歩かせた。中森は逃げる素振りを見せなかった。

広い墓地は無人だった。周囲には雑居ビルやマンションが建ち並んでいるが、どの窓も閉《と》ざされていた。

二人は墓地の中ほどで向かい合った。

「おれは、おまえを法で裁《さば》く気はない。気が晴れるまで私刑《リンチ》を加える。おまえがヤー公どもから脅し取った総額一億七千万も横奪《ど》りする気はないよ」

「だから、何もかも白状しろっておっしゃるんですね？」

「そうだ」

「ですが、わたしは土門さんがおっしゃってた犯罪に手を染めた覚えはありません。天地神明に誓えます」

「中森、時間稼ぎをしようとしたって、意味ねえぞ。おれはおまえが口を割るまで、とことん痛めつける。それでも自白《ウタ》わなかったら、最終的にはおまえの頭を撃ち抜く。さっき署内で言ったように、おれは副総監を含めて数十人の警察官僚《キャリア》の金玉を握《にぎ》ってるんだ」

「だから、何なんです？」

「おれがおまえを射殺しても、まず罪に問われることにはならないだろう。偉いさんたちがいろいろ裏から手を回して、発砲は正当だったってことにしてくれるはずだからな」

「土門さんは、すっかり堕落《だらく》してしまいましたね。わたしは四谷署勤務時代のあなたを密《ひそ》かに尊敬してたんですよ。猟犬みたいに悪い奴をどこまでも追い詰め、手錠《ワッパ》を打ってた。とてもカッコよかったですよ」

「昔は、おれも使命感に燃えてたさ。しかし、信頼してた上司に誤認逮捕の責任を全面的に負わされちまった。おれは深く失望し、青っぽい正義感とおさらばすることにしたんだ」

「あなたが前課長に裏切られた上に青梅署に飛ばされたことは、とてもショックだったと思います。だからといって、私的な恨みに引きずられて真っ当な生き方と訣別《けつべつ》するなんて短絡的ですよ」

「ずいぶん偉そうなことを言うじゃないか」

「それまでの土門さんは警察官の鑑《かがみ》でした。少なくとも、自分のお手本にしたい方でしたよ。しかし、あなたはキャリアたちと裏取引をしたらしく、やくざ顔負けの悪党刑事に成り下がってしまった」

「汚れきったおれを軽蔑《けいべつ》するようになったんで、濡衣を着せる気になったのかい？　恐喝を働いたおまえも同じ穴の狢《むじな》じゃないか。おれに説教垂れる資格なんかないっ」

「何度も同じことを言いますが、わたしは小柴組からも港南花菱会からも、金なんか脅し取ってません。それから、妻名義で高円寺の競売物件を手に入れてもいませんよ」

「おれに汗をかかせたいらしいな」

土門は拳銃をショルダーホルスターに戻すなり、中森の股間を蹴り上げた。的《まと》は外さなかった。中森が口の中で呻きながら、苔《こけ》むした石畳の上に倒れ込んだ。

中森を右側の墓地の短い階《きざはし》の前まで引きずっていった。頭髪を鷲摑《わしづか》みにして、中森の額を石段の角に強く叩きつける。

肉と骨が鈍い音をたてた。中森は唸り声を発したが、無抵抗のままだった。

そのうち、手加減すると思っているようだ。甘すぎる。

土門は中森の顔面を打ち据《す》えつづけた。中森の額が割れ、鮮血がにじんだ。

「半殺しで済むと高を括《くく》ってたら、若死にすることになるぞ」

「気の済むまでやればいいでしょ！　しかし、自分はシロだ。シロなんです」

「裏付《ウラ》けを取られてるのに、なぜ、そこまで否定しつづける？　ひょっとしたら、おまえのバックには誰かいるのか。それで、そいつを庇《かば》おうとしてるのかっ」

「そんな人物はいませんよ」

「なら、おまえはもっとでっかい恐喝材料を握ってるようだな。それも、『全日本損保リサーチセンター』の保険調査員の皆川泰三から入手したんだろうが」

「皆川？　そんな男は知りません。いったい何者なんです？」

「元刑事で、警察学校で柔道の教官をやってた皆川だよ。警察学校で、おまえは皆川の教え子だったんじゃないのか？」

「皆川なんて男は知らない。知りませんよ、わたしは」

「粘《ねば》るじゃねえか」

土門は中森の腰を思うさま蹴った。

中森が反り身《そみ》になって、長く呻いた。ちょうどそのとき、墓地の出入口のそばで男の高い声がした。

「あんたたち、そこで何をしてるんだ？」

「えっ」

土門は視線を泳がせた。

和服姿の六十代半《なか》ばの男が立っていた。

「住職さん？」

「そうです。墓地で喧嘩《けんか》なんかやめてくれ。迷惑だ」

「話し合いがこじれちゃったんですよ。また、冷静に話し合うことにします」

「その前に、この墓地から出ていってほしいね」

「わかりました」

土門はうなずいた。

そのとき、中森が中腰で急に走りだした。通路を駆け抜け、寺の万年塀《まんねんべい》を乗り越えて、あっという間に逃げ去った。追っても、もう間に合わないだろう。

土門は出入口に向かって、ゆっくりと歩きはじめた。

2

函《ケージ》が停まる。

八階だった。『恵比寿アビタシオン』である。

土門はエレベーターを降りた。寺院から四谷署に戻ってみたが、中森は署内にはいなかった。そこで、恵比寿三丁目にある自宅マンションにやってきたのだ。

土門はエレベーターホールから離れ、長い歩廊《ほろう》を進みはじめた。

十数メートル歩いたとき、八〇八号室のドアが開いた。中森の部屋だ。

土門は歩廊の手摺《てすり》に両腕を掛け、眼下の中庭を眺《なが》める振りをした。そうしながら、さりげなく八〇八号室をうかがう。

現われたのは三十歳前後の女だった。中森の妻と思われる。青いショッピングカートを引いていた。どうやら買物に出かける気らしい。

女はドアに鍵を掛けた。中森は、まだ自宅に戻っていないようだ。

土門は急ぎ足でエレベーターホールに戻った。慌《あわ》ただしく函《ケージ》に乗り込み、先に一階のエントランスロビーに降りる。すぐに表玄関から外に出て物陰に身を隠した。

二分ほど経《た》つと、『恵比寿アビタシオン』から中森の妻と思われる女が姿を見せた。

目立つほどの美人ではないが、決して器量は悪くない。肢体《したい》は肉感的だった。豊満な胸は、いかにも重そうだ。ウエストのくびれは深い。そのため、腰が張って見える。オーバーに言えば、蜜蜂のような体型だった。抱き心地はよさそうだ。

女好きの土門は、つい邪《よこしま》なことを考えてしまった。

中森夫人らしき女はショッピングカートを引っ張りながら、恵比寿ガーデンプレイスに向かった。

恵比寿ガーデンプレイスは、平成六年の秋に誕生した〝複合都市〟だ。四十階建てのオフィスビルを中心に、外資系ホテル、有名デパート、映画館、レストラン、多目的ホールなどで構成されている。古城を復元したフレンチ・レストランをはじめ、欧州調の建物や水路が売りものだ。

マークした女は、恵比寿ガーデンプレイスの敷地内にあるデパートの中に入っていった。土門は一定の距離を保《たも》ちながら、女の後《あと》を追った。

女はブランドショップや婦人服売場を回ってから、食料品売場に足を踏み入れた。メモを見ながら、食材を次々に籠《かご》に入れていく。

気の毒だが、彼女を万引き犯に仕立てることにした。

土門は水産物加工品コーナーに行き、鮑《あわび》の煮貝《にがい》セットを盗んだ。二個入りパックで、本体価格は一万円だった。土門は鮑の煮貝セットを上着の下に隠し、ふたたび女を目で追いはじめる。

それから間もなく、女はレジに向かった。精算を済ませ、買った食料品を自分のショッピングカートに移した。なんとか盗品を彼女のショッピングカートの中に入れなければならない。

土門は焦《あせ》りを感じながら、中森夫人と思われる女に接近した。

と、女がショッピングカートを置いたまま、生花コーナーに歩み寄った。チャンスだ。

土門は素早くショッピングカートに近づき、盗んだ鮑の煮貝セットをカートのバッグの中に突っ込んだ。すぐにショッピングカートから離れる。

女は切り花をあれこれ眺めていたが、結局、何も買わなかった。ショッピングカートを引きながら、デパートの外に出た。

「奥さん、ちょっと！」

土門は女を呼び止めた。女が立ち止まった。

「何でしょう？」

「出来心ってやつなんだろうが、万引きはれっきとした犯罪だよ」

「万引きですって⁉　わたし、何も盗んでなんかいませんよ」

「そうかな」

土門はかすかな後ろめたさを感じながら、ショッピングカートの前に屈《かが》み込んだ。

「な、何をなさってるんです？」

「奥さん、バッグの中身を検《あらた》めさせてもらうよ」

「ええ、かまいません。万引きしたと疑われてるなんて、心外ですんで」

女が怒気を含んだ声で言い、バッグの蓋《ふた》を勢いよく開けた。次の瞬間、彼女はうろたえた。

「やっぱり、こいつを盗《ギ》ってたか」

土門はことさら得意げに呟《つぶや》き、鮑のパックを手に取った。

「わ、わたし、わたし……」

「ちゃんと一万円の値札が付いてる。主婦にとって、一万円の出費はでかいんだろうな。だからって、万引きしてもいいってことにはならない」

「わたし、そんなパックは絶対に盗んでません。きっと誰かがわたしを困らせようとして、それを入れたにちがいないわ」

「奥さん、正直になりなさいよ。こっちは、奥さんが鮑のパックをパーカの下に隠したとこを見てるんだ」

「いい加減なことを言わないで。わたし、そんなことはしてません！」

「そうやって言い逃《のが》れをしてると、パトカーを呼ぶことになるよ」

「あなたは、このデパートの保安係の方なんですね」

「いや、おれは警視庁の者さ」

「あなたが刑事さん⁉」

女の声は裏返っていた。

「とても刑事には見えないか」

「ええ、まあ。ひょっとしたら、組関係の方かもしれないと思ってたんです」

「おれは人相が悪いからな。けど、一応、刑事なんだよ」

「そう言われても、まだ信じられません」

「そうなら……」

土門は腰を伸ばし、警察手帳を短く呈示《ていじ》した。女は、ようやく納得した顔つきになった。

「旦那《だんな》が旦那なら、女房も女房だな。犯罪なんかじゃ、心が咎《とが》めねえか？」

「どういう意味なんですかっ」

「あんた、四谷署の中森警部補の奥さんだよね」

「そうですけど、なぜ、そんなことまで知ってるんです？」

「あんたの名前は？」

「瑞穂《みずほ》ですけど……」

「年齢は？」

「そんなことより、さっきの質問にちゃんと答えてください」

「いいだろう。中森は、二人のやくざから総額で一億七千万円を脅し取った疑いが濃厚なんだよ。それも、おれの名前を騙《かた》ってな」

「ま、まさか⁉」

「旦那はあんたの名義で、競売にかけられた高円寺の三階建ての賃貸マンションを一億四千万で落札してる」

「その話、本当なんですか⁉」

「どうやら知らなかったらしいな」

「全然、知りませんでした。夫は、どうして何も話してくれなかったのかしら？」

「奥さんには、悪事を働いてることを知られたくなかったんだろうな。それはそうと、まだ中森は帰宅してないんだろ？」

「ええ」

「それじゃ、自宅で中森の帰りを待たせてもらおう」

「困ります、そんなことは」

「おれの言う通りにできないと言うんなら、あんたを万引き犯として、所轄の渋谷署に引き渡すことになるよ。そんなことになったら、中森は依願退職せざるを得なくなるだろうな」

「汚いわ。あなたは最初から目的があって、わたしを万引き犯に仕立てたんですねっ。わたし、そのことをデパートの保安係の方に言います」

「好きにしなよ。けど、保安係はおれの言い分を聞くだろうな。現に値札の付いた鮑のパックがここにあるわけだからさ」

　土門は言った。

　瑞穂が絶望的な表情になって、無言でショッピングカートを引きはじめた。土門は盗んだ水産加工物を掌《てのひら》で弾《はず》ませながら、瑞穂の後に従った。

　二人は『恵比寿アビタシオン』に戻り、八〇八号室に入った。

　間取りは３ＬＤＫだった。土門は居間のソファに腰かけ、盗んだ品物をコーヒーテーブルの上に置いた。

「こいつは、おれの手土産《てみやげ》ってことにしてやろう。今夜のおかずにでもしろや」

「そんな物、食べられません。あなたが持って帰ってください」

「喰《く》いたくないんだったら、適当に処分すればいいさ」

「ええ、そうさせてもらいます。それから、強引にここに押しかけてきた男性《ひと》にはお茶もコーヒーも出しませんよ」

「それで結構だ。あんたも坐《すわ》ってくれ。いろいろ旦那について訊きたいことがあるんだ」

「わかりました」

瑞穂が正面のソファに浅く腰かけた。

「このマンションは分譲なんだろ？」

「ええ」

「官舎で暮らしてたときにせっせと貯蓄に励《はげ》んだとしても、山手線の内側のマンションなんかとても購入できるもんじゃない。もしかしたら、ずっと以前から中森は恐喝をやってたのかもしれねえな」

「失礼なことを言わないでくださいっ。頭金の二千五百万円は、わたしの父が出してくれたんです。残りの二千七百万は三十年のローンで払ってるんです」

「あんたの親父《おやじ》さんはリッチなんだね」

「平凡なサラリーマンですけど、中国株の売買で七、八千万円儲《もう》けたんです。だから、ここの頭金を回してくれたんですよ」

「そうなのか。話は飛ぶが、おれは一時間ほど前に中森を取り逃しちまったんだよ」

土門は経過を話し、ラークをくわえた。

「夫は、あくまでも無罪だと言い張ったんですね？」

「ああ。しかし、おれは前夜、この目で中森が二千万円入りの手提げ袋を受け取ったとこを見てるんだ。少なくとも、小柴組の組長から合計一億二千万円を脅し取ったことは間違いないだろう。横浜の港南花菱会から五千万をせしめたことも、ほぼ確実だよ」

「その通りだとしたら、中森が落札したという不動産関係の書類がここに郵送されてくるはずでしょ？　でも、そういった郵便物は一通も届いてませんよ」

「中森は私書箱を利用したのかもしれない。あるいは、あんたに内緒でどこかにセカンドハウスを借りてたとも考えられるな」

「経済的にセカンドハウスを借りる余裕なんかありません」

「なら、私書箱を使ってたんだろうな。それとも、愛人がいたのか。奥さん、女の影は感じ取れなかった？」

「別に夫婦仲が悪いわけじゃないわ。夫に愛人がいるなんてことはないはずです」

「そうかい。奥さんの実印や印鑑登録証は、どこに保管してあるの？」

「夫婦の寝室の簞笥《たんす》の引き出しの奥にしまってあります」

「旦那が実印なんかをこっそり持ち出してもわからないよな？」

「ええ、わからないと思います。ふだんは実印があるかどうか確かめませんから」

「だったら、中森が競売物件を奥さん名義で買ったことも事実なんだろう。明日にでも、登記所で確認してみるよ」

「夫が恐喝を働いてたなんて、やっぱり、信じられないわ」

瑞穂が低く呟き、栗色《くりいろ》に染めたセミロングの髪を掻き毟《むし》った。

「そう思いたいだろうが、中森はおれの前から逃げ出したんだ。疚《やま》しさがあるから、あいつは逃げたにちがいないよ」

「そうなんでしょうか？」

「ああ、間違いないだろうな。最近、中森が高い指輪やバッグをプレゼントしてくれたことは？」

「ありません、一度も」

「それなら、このマンションに数千万の札束が隠されてるかもしれないな。中森がせしめた金は合わせて一億七千万だが、競売物件は一億四千万だったわけだからさ」

「毎日、全室を掃除してますけど、隠し金なんかどこにもありませんでした」

「ということなら、中森は銀行の隠し口座に余った金を預金してあるんだろう」

「夫がそんなことをしてるんだとしたら、わたし、不愉快だわ。中森と結婚するとき、たとえ夫婦に何が起こっても、絶対に互いに隠しごとはしないって約束し合ったんです」

「あんまり子供っぽいことを言うなよ。夫婦でも親子でも、まったく隠しごとをしないなんてことは土台、無理な話だろうが」

「そうかしら？　そうだとしたら、なんか寂《さみ》しいわ」

「あんたは世間知らずなんだな。だから、亭主の悪事には気がつかなかったんだろう」

「子供扱いしないで」

「気分を害したようだな。それはそうと、中森はいまの職業に厭気《いやけ》がさしてたんじゃないのかな。何か思い当たることは？」

土門は問いかけ、短くなった煙草の火を揉《も》み消した。

「もう一年ぐらい前のことだけど、珍しく夫がぐでんぐでんに酔っ払って、明け方に帰ってきたことがあるの」

「何か職場で不快な思いをしたんだろうな」

「そうみたいですね。何かの視察で警察庁のキャリアが職場を訪れたときの話なんだけど、そのエリート官僚は陰でノンキャリア組のことを〝奴隷〟と蔑《さげす》んでたらしいの。その陰口をたまたま聞いてしまった中森は、ものすごくショックを受けてました」

「警察庁採用の有資格者《キャリア》どもは、エリート意識を剝《む》き出しにしてやがるからな。中には、そんなことを口走る奴もいるんだろう」

「ノンキャリアの中森は全人格を否定されたようで、怒りでしばらく体の震えが止まらなかったそうよ。とてもまっすぐ帰宅する気になれなくて、独りで酒場を何軒もハシゴしてたんだって」

「キャリアと張り合ったって、どうにもなるもんじゃない。まともに闘っても、所詮《しょせん》は勝てる相手じゃないんだ。ささいなことでいちいち神経を尖《とが》らせるだけ損なのにな。下剋上《げこくじょう》の歓びを味わいたかったら、有資格者どもの弱点を握ることさ。それを切札にすれば、優位に立てる」

「まるで何かキャリアたちの弱みを握ってるような口ぶりですね。そうなの？」

「おれは小心者だから、そんな大胆なことはできないよ」

「何もしてないわたしを平気で万引き犯にしたんだから、あなたこそ、悪徳警官なんじゃない？」

「話題を変えるぞ。そういうことがあってから、中森に何か変化は？」

「ロースクールの願書を取り寄せたり、分厚いライセンスガイド本を買ってきたりしたわ。それから、株の入門書や小資本で開業できるニッチビジネス手引書なんかもね」

「中森は転職を考えはじめたんだろう。けど、自分で何をするにしても、それなりの資金が必要になってくる。そこで、あんたの旦那はヤー公たちから一億七千万を脅し取って、サイドビジネスに賃貸マンションの経営をする気になったようだな」

「そんなふうに決めつけないで」

「家賃という副収入があれば、いつでもお巡りなんかやめられる。貯《たくわ》えができれば、何か事業を興《おこ》すことも夢じゃない」

「悪いことまでして副収入を得ようとしたんだったら、わたし、夫を軽蔑したくなります」

「女は、そういう正論を口にするが、男は負け犬で終わりたくないと考えるものなんだ。善悪は別にして、おれには中森の気持ちはわかるね。もちろん、おれに罪をなすりつけようとしたことは赦《ゆる》せないがな」

「あなたが言ったことが事実なら、わたし、彼とはもう一緒にやっていけないわ」

「離婚する気なのか？」

「犯罪者に成り下がった人間とどうやって暮らしていけって言うのっ」

瑞穂が涙声で叫んだ。

「中森は自分がのし上がりたいという思いだけではなく、あんたにも贅沢《ぜいたく》をさせてやりたいと考えたのかもしれないいな」

「そうだったとしても、夫婦の信頼関係を破った夫は赦せないわ」

「なんか話が横道に逸《そ》れそうだな。あんた、中森から皆川泰三って名前を聞いたことはあるか？」

「皆川さんのことなら、よく知ってるわ。中森が警察学校で柔道を教わったし、わたしたちの仲人もお願いした方だから」

「やっぱり、皆川とは接点があったんだな。中森は皆川泰三には会ったこともないと言ってたが」

「なんで夫は、そんな嘘をついたのかしら？」

「小柴組長を脅迫したときの材料を皆川から入手したからだろう」

土門はそう言い、懐からスマートフォンを取り出した。

「応援の捜査員をここに呼ぶつもりなんですね？」

「そうじゃない。中森をここに呼びつけるんだ。旦那のスマホのナンバーは？」

「夫をどうする気なの？」

「おれに濡衣を着せた理由を中森から直《じか》に聞きたいんだよ。あんただって、旦那に訊きたいことがあるだろうが」

「ええ、そうね」

瑞穂が夫のスマートフォンのナンバーをゆっくりと告げた。土門は電話をかけた。

ややあって、電話が繋がった。

「そ、その声は⁉」

「土門だ。おれは、いま、おまえの自宅マンションにいる」

「嘘だろ⁉」

「瑞穂ってかみさんは、すぐ目の前にいる。なかなかセクシーじゃないか」

「ま、まさか女房に何かしたんじゃないだろうな」

「レイプなんかしてないから、安心しろ」

「瑞穂を電話口に出してくださいよ。直《じか》に妻の声を聞きたいんだ」

「そいつは断る。けど、声は聞かせてやろう」

土門は中森に言って、瑞穂に呼びかけた。瑞穂が大きな声で返事をした。

「女房の声は耳に届いたな？」

「ええ」

「すぐ塒《ねぐら》に戻って来い。一時間だけ待ってやる」

「夕方まで時間をくれませんか。大事な職務があって、抜けるに抜けられないんですよ」

中森が言った。

「時間を稼いで、その間に反撃の方法を考えようって肚《はら》だな？」

「そうじゃない。土門さん、わたしを信用してください」

「さんざん嘘をついといて、虫のいいことを言うな」

「会ったときに、すべて話しますよ。だから、わたしを信じてください」

「何時なら、こっちに戻れる？」

「六時半、いや、余裕を持って午後七時まで時間をください。わたしは必ず自宅に戻ります」

「なるべく早く来い！」

土門は乱暴に通話を打ち切った。

3

電源が切られていた。

土門は舌打ちした。すでに時刻は午後八時を回っていた。

だが、中森は未《いま》だに帰宅しない。先方からの連絡はなかった。こちらから中森のスマートフォンにかけても、通話はできない。

むろん、職場の四谷署にもいなかった。

「どうやら中森は逃げる気になったようだな。だから、スマホの電源を切ったんだろう」

「何かアクシデントに巻き込まれたのかもしれないわ。わたしのスマホで連絡を取ってみてもいいかしら？」

「別にかまわねえよ」

「それじゃ、電話をしてみます」

瑞穂が椅子から立ち上がり、リビングボードに歩み寄った。絵皿型の置き時計の横に置いてあるパーリーピンクのスマートフォンを摑み上げると、彼女は発信した。

立ったまま、しばらくスマートフォンを耳に当てていた。だが、瑞穂は口を結んだままだ。

「やっぱり、電話は繫がらないんだな？」

「ええ」

瑞穂は答え、スマートフォンをリビングボードの上に叩きつけるように置いた。いまにも泣きだしそうな表情だ。

夫に見捨てられたという思いが強まったのだろう。瑞穂は隣のダイニングキッチンに行き、シンクの前に立った。コーヒーでも淹《い》れてくれるのだろう。

土門は煙草に火を点けた。

一服し終えたとき、洋盆《トレイ》を抱えた瑞穂が居間に戻ってきた。プリント柄のトレイの上には二人分のホットウィスキーと数種のオードブルが載っていた。

「素面《しらふ》で待つのは、辛過《つらす》ぎるってわけか」

「ええ。よかったら、あなたもつき合って」

「いいとも。ちょうど喉が渇《かわ》いてたんだ」

「そうなの」

「手伝おう」

土門は洋盆ごと受け取り、グラスやオードブル皿を手早く卓上に並べた。

瑞穂が正面のソファに坐って、ホットウィスキーのグラスを手に取った。土門は、それに倣《なら》った。

二人は無言でグラスを触《ふ》れ合わせた。

「まさかあなたとお酒を飲むことになるとは……」

「確かに妙なことになったよな」

土門は苦笑し、グラスを傾けた。ウィスキーはだいぶ濃かった。

瑞穂もホットウィスキーを飲んだ。それから彼女は、黙ってチーズ・カナッペの皿を土門の前に滑らせた。ローストビーフとミックスナッツの皿は横に並べられた。

「酒はよく飲むのか？」

「時々しか飲まないんだけど、アルコールは嫌いじゃないわ。寛《くつろ》いだ気分になれるでしょ？」

「そうだな」

「それから、気も大きくなるわね。日常の小さなことで思い悩んでたことがばからしくなったりもするわ」

「夫婦で飲みに出かけることもあるんだろ？」

「結婚したばかりのころはイタリアン・レストランでよくワインを飲みながら、パスタ料理を食べたわ。だけど、最近はめったに外食しなくなっちゃった」

「日本の男たちは、釣った魚には餌《えさ》をやらなくなるみたいだな」

「実際、そういう夫たちが多いようよ。男って、手に入れた女には興味を失っちゃうんでしょうね。うちも例外じゃないわ。わたしが髪型を変えても、ちょっと洒落《しゃれ》たブラウスを着てても、中森はたいてい気づいてくれなかったもの」

「そうなのか」

「そのくせ、男って、恋人や妻を失うと、未練がましいことを言うんじゃない？」

「そうだな。一般的に男は過去を引きずるもんだからな。初体験の相手とか別れた女たちのことをふっと思い出して、どんな暮らしをしてるのかとあれこれ想像したりする」

「要するに、男のほうがロマンティストなんでしょうね。女はリアリストだから、昔の男たちを思い出すことはめったにないわ。いま現在、関わりのある相手のことしか考えないもの」

「女のほうが逞《たくま》しいからな。だから、子を産《う》んで育てられるんだろう」

「ええ、確かに男よりも女のほうが多くの面で勁《つよ》いわよね。順応性《じゅんのうせい》はあるし、それほど自尊心に拘《こだ》わったりもしない。ある意味では、狡《ずる》いと言えるんでしょうね」

「ある文豪が、女と金は魔物だと書き遺《のこ》してる。実際、その通りなんだろう」

「そうでしょうね。男って、いくつになっても本質的には子供そのものだから。好きになった女の前では見栄を張って、いろいろカッコつけたがるんでしょう」

「そう仕向ける計算高い女もいる」

「ええ、そうね。同性同士なら、そういった性悪女《しょうわるおんな》はすぐに見抜けるけど、男の場合は相手の色香に心眼《しんがん》を曇らせられたりするから、公金に手を出したりする。それから、犯罪で不正に大金を得たりしたいと考えてしまうんでしょう」

「そうなんだろうな」

土門は相槌《あいづち》を打った。

「中森にも、誰か彼女ができたのかもしれないわね。約束の時間を一時間以上も過ぎてるのに、まだ帰宅する様子がないもの」

「女の影は感じ取れなかったと言ってたはずだが……」

「わたしが鈍感で、夫の不倫に気づかなかったのかな」

「そうなんだろうか」

「多分、そうなんだわ。だから、中森はいっこうに現われないのよ。つまりは、もう体を張ってまで妻を護《まも》り抜く気はないってことよね。わたしは彼に棄《す》てられたのよ」

瑞穂が投げ遣《や》りに言って、椅子から立ち上がった。そのままダイニングキッチンに行き、スコッチウィスキーのボトルと小型ポットを取ってきた。ウィスキーの銘柄はオールドパーだった。

「自棄酒《やけざけ》を呷《あお》る気だな」

「こんなときは飲まずにはいられないでしょ？　別にあなたにつき合えなんて言わないから、好きにさせて」

「飲みたきゃ、飲めばいいさ」

土門は突き放した。

瑞穂がソファに腰かけ、飲みかけのホットウィスキーを一息に空けた。それから彼女は自分のグラスにスコッチウィスキーをなみなみと注《つ》ぎ、少量の湯で割った。

さて、どうするか。引き揚げるのは、まだ早い。十時まで待ってみることにした。

土門はチーズ・カナッペを口の中にほうり込んだ。

瑞穂はフローリングの一点を見つめながら、ハイピッチでホットウィスキーを飲んだ。土門は遠慮しながら、ゆっくりとグラスを口に運んだ。それでも、十五分も保《も》たなかった。

「あなたも飲んでよ。素面に近い相手の前じゃ、なんとなく飲みにくいから」

瑞穂がそう言い、土門の空いたグラスを手に取った。すぐに彼女は、濃いホットウィスキーを作った。ほとんど飴色《あめいろ》だった。

二人は黙しがちにグラスを重ねた。

「また、中森のスマホに電話してみるか」

土門は気まずい空気に耐えられなくなって、先に言葉を発した。

「そんなことをしても無駄よ。夫は、愛人宅に逃げ込んだんだと思うわ。で、わたしのことなんかすっかり忘れて、ベッドで不倫相手と抱き合ってるんじゃない？」

「そいつは被害妄想《もうそう》ってやつなんじゃないか。中森は自宅に戻ったら、すべてが終わってしまうと考え、この近くで二の足を踏んでるのかもしれねえ」

「あなた、わたしを慰《なぐさ》めてるつもりなの？　そうだとしたら、ありがた迷惑だわ。夫は約束の七時に自宅に戻らなかった。そのことで、わたしは自分の存在の軽さを思い知らされたわ」

「中森とは別れる気になったのか？」

「離婚しなかったら、わたし、惨《みじ》め過ぎるでしょう」

「旦那に愛人がいると決まったわけじゃない。余計なことかもしれねえが、少し早計だと思うね」

「浮気相手がいるかどうかなんて、もうどうでもいいの。中森がわたしの身をそれほど案じてなかったという事実に打ちのめされたのよ」

「何か事情があるんだろう。中森は、電話では本気であんたのことを案じてるようだったからな」

「もういいんですっ」

瑞穂が喚《わめ》いた。土門は肩を竦《すく》めて、口を噤《つぐ》んだ。

「ごめんなさい。大声出す気はなかったんだけど、つい抑えられなくなって……」

瑞穂が済まなそうに言い、おもむろに立ち上がった。そのまま手洗いに直行した。

土門はローストビーフを頬張りながら、ホットウィスキーを飲みつづけた。煙草に火を点けたとき、洗面所の引き戸を開閉する音がかすかに聞こえた。

瑞穂は泣きたくなったのだろう。

インターフォンが鳴ったのは、およそ一時間後だった。ドアを叩く音もした。

瑞穂は、顔を泣き腫らしていた。土門は代わりに玄関ホールに向かった。

「中森さんの奥さん、大変よ。おたくのご主人が……」

ドアの向こうで、中年女性の切迫《せっぱく》した声がした。

土門は急いで靴を履《は》き、八〇八号室を出た。化粧っ気のない四十年配の女が土門を見ながら、わななく指でエレベーターホールの方を指し示した。

ホールの血溜《ちだ》まりの中に男が倒れていた。俯《うつぶ》せだった。着衣は血塗《まみ》れだ。

土門はエレベーターホールまで走った。

倒れ込んでいるのは、紛《まぎ》れもなく中森友輝だった。背中と腰に深い刺し傷が見える。

おそらく胸部や腹部も刃物で傷つけられているのだろう。出血量が夥《おびただ》しい。

「おい、中森！」

土門は呼びかけながら、瑞穂の夫の左手首を取った。かすかに温《ぬく》もりは伝わってきたが、脈動《みゃくどう》は熄《や》んでいた。

よく見ると、中森の顔面には殴打された痕《あと》がくっきりと残っていた。帰宅途中に何者かに拉致《らち》され、監禁先でリンチされたようだ。しかし、中森は口を頑《がん》として割らなかった。そのため、ナイフで何カ所も刺されることになったのだろうか。

それでも中森は隙を衝《つ》いて、監禁場所から脱出したのかもしれない。そして、血を流しながら、自宅マンションに戻ろうとした。だが、八階のエレベーターホールでついに力尽きてしまったのだろう。

小柴組や港南花菱会の犯行ではなかったら、中森は別の大きな金蔓《かねづる》を摑んでいたにちがいない。

土門は短く合掌して、静かに立ち上がった。

4

小柴組長はパターの練習をしていた。

土門は、社長室のドアを大きく押し開けた。小柴興産のオフィスだ。

「旦那、ノックぐらいしてくださいよ。愛人《レコ》をここに引っ張り込んで、いいことをしてたかもしれないでしょ？」

「女とナニしてるとこを見られたって、動じるような男じゃないだろうが」

「それもそうですがね」

小柴がにやついて、ゴルフクラブをバッグの中に戻した。土門は社長室のドアを後ろ手に閉め、勝手に応接ソファに坐った。

「昨夜《ゆうべ》、四谷署の中森友輝って刑事が刺殺された」

「その事件のことは、確か正午のＮＨＫニュースで観《み》たな。その殺された刑事が旦那の名を騙ってたんですか？」

「ああ、そうだ」

「刑事が恐喝を働いてやがったのか。世も末だな」

小柴が言って、土門と向かい合う位置に腰を沈めた。

「どうなんだ？」

「え？」

「あんたが独自に脅迫者の正体を突きとめて、組の若い者《もん》に中森を殺《や》らせたんじゃないのか。凶器が匕首《あいくち》であることは、司法解剖で判明してる。登山ナイフやサバイバルナイフなら、堅気も入手可能だよな。しかし、匕首となると、入手ルートは限られてくる。おれは、あんたが事件《ヤマ》に関与してるかもしれないと読んだんだ」

「旦那、よしてください。旦那の偽者のことは組の代貸に探らせてました。けど、ついに犯人はわからなかったんですよ。中森とかいう刑事が偽の土門岳人だったとは旦那に教えられるまで、まったく知りませんでした。ですから、組の誰かにそいつを始末させたなんてことは絶対にありませんよ」

「そうかい」

土門は言いながら、小柴の顔をまじまじと見た。小柴の表情には、狼狽《ろうばい》の色は宿っていない。目の動きも自然だった。

疚《やま》しさがあると、犯罪者たちは目を伏せるか、逆に不自然なほどに見つめ返してくる。その中間の反応はきわめて少ない。

「嘘なんかついてませんよ」

「みたいだな」

「旦那は、どんな方法で犯人を見つけ出したんです？」

「その質問には答えられない」

「ま、そうでしょうね。で、殺された中森って刑事は保険調査員の皆川泰三から、強請《ゆすり》のネタを手に入れてたんでしょ？」

「そう考えられるんだが、裏付《ウラ》けは取れなかったんだ。あんたが組員に始末させた皆川は山の中に埋められてるし、中森も締め上げる前に殺されちまったんでな」

「そうですかい。旦那、おれが中森って野郎に脅し取られた総額一億二千万をなんとか回収してもらえませんかね。もちろん、半額は謝礼として差し上げますよ」

「こないだも言ったが、おれは回収屋じゃない」

「悪い話じゃないと思うがな。それじゃ、うちの組の誰かに回収させましょう。中森は妻帯者なんでしょ？　ガキがいたら、そいつを引っさらわせるか。そうすれば、女房もすんなり一億二千万を返す気になるでしょうよ」

「中森夫婦に子供はいない」

「なら、未亡人を少し痛めつければ、事は簡単に片づくな」

「小柴、一億二千万の回収は諦めろ」

「そうはいきませんよ。そうか、わかったぞ。旦那が一億二千万を懐に入れる気になったんだね？」

「おれはろくでなしだが、そこまで卑《いや》しくねえよ。中森の女房は、たった独りで暮らしていかなきゃなんない。中森の遺族年金だけじゃ、心細いはずだ」

「ずいぶん未亡人に肩入れするんですね。旦那、中森の女房とは他人じゃないんでしょ？」

「下種《げす》の勘繰《かんぐ》りはやめろ。とにかく、金の回収はするな。中森の遺族に接近したら、保険金詐取の件を公《おおやけ》にするぞ」

「わかりましたよ。旦那がそこまで言うんだったら、一億二千万は諦めましょう。それはそうと、このままでは旦那もすっきりしないでしょ？　中森って奴に濡衣を着せられたわけですから」

「もう中森は、この世にいないんだ。癪《しゃく》な話だが、おれも諦めることにするよ」

土門は澱《よど》みなく言った。しかし、事件から手を引く気はなかった。

港南花菱会も中森の死に関わっていないとしたら、謎は残ったままだ。それでは、なんとも釈然としない。

中森は、三人目の獲物に牙《きば》を立てたにちがいない。その相手の弱みは、致命的な事柄だったのだろう。だから、中森は葬《ほうむ》られてしまったのではないか。

死んだ中森には、もう何も仕返しできない。それならば、自分が恐喝相続人になって、中森が欲しがっていた何かを代わりにいただく。その程度のことはしないと、憂《う》さが晴れない。

「旦那に金玉を握られてるからってわけじゃないが、毎月二百万の小遣いを回しますよ」

「例の保険金詐取と皆川殺しの件の口止め料のつもりか？」

「そのことも含んでるわけですが、定期的に手入れに関する情報を流してほしいんですよ。本庁組対四課だけじゃなく、新宿署の動きも知りたいな」

「やくざの使いっ走りをする気はない。保険金を損保会社から騙し取ったことと皆川の件は忘れてやる。その代わり、くどいようだが、中森の女房には決して近づくな」

「それでいいんですかい？」

小柴が確かめた。

「ああ」

「旦那にも人間の血が通ってたんですね。罪をなすりつけた中森って刑事には怒りと憎しみを感じてたんでしょうが、そいつの女房には優しい感情を寄せてしまった。図《ず》星《ぼし》でしょうが？」

「憎からず想《おも》ってる女はいるが、それは中森の女房なんかじゃない」

「旦那は、どんな女に惚《ほ》れてるんです？　意中の女性《ひと》とやらのことを話してくださいよ」

「うるせえ！　からかうんじゃねえ」

土門は照れ隠しに吼《ほ》え、ソファから立ち上がった。

小柴がさもおかしそうに高く笑った。土門は少しむっとしたが、そのまま黙って社長室を出た。すぐにエレベーターに乗り込み、小柴組の事務所を後《あと》にする。

土門は歩きながら、ロレックスに目を落とした。午後四時を数分回っている。土門は区役所通りまで歩き、タクシーを拾った。

「横浜の伊勢佐木町まで行ってくれ」

土門は二十代後半の運転手に告げ、シートに深く凭《もた》れかかった。

「ロングのお客を乗せるのは久しぶりですよ」

「そうかい」

「デフレ不況も、ようやく出口が見えてきたんですかね。わたしの給料は、まだ三十万に手が届いてませんけど。お客さんは、どんな仕事をされてるんです？　その腕時計、ロレックスでしょ？」

「料金を踏み倒されたくなかったら、黙って運転しろ。ちょっと考えごとをしたいんだよ」

「あっ、すみません」

運転手が詫《わ》び、それきり黙り込んだ。

タクシーは明治通りと玉川通りをたどり、やがて第三京浜国道に入った。伊勢佐木町に着いたのは、五時二十分ごろだった。

土門は、ザキの愛称で親しまれている繁華街を大股《おおまた》で進んだ。

港南花菱会の事務所は、モダンな造りの雑居ビルの二階にあった。長者町《ちょうじゃまち》の交差点から、数十メートルしか離れていない。土門は雑居ビルに入り、エレベーターで二階に上がった。港南花菱会の事務所は奥まった場所にあった。

土門は例によって、無断でドアを開けた。ひと目で暴力団員とわかる三白眼《さんぱくがん》の男が出入口のそばに置かれたカラー複写機の前に立っていた。三十一、二歳だろう。

「おたく、誰よ？　礼儀を知らねえな」

「警視庁の者だ。大坪会長は奥にいるのか？」

土門は警察手帳をちらりと見せた。

「会長はいない。外出中なんです。まさか会長を逮捕《パク》りに来たんじゃないでしょ？」

「ただの事情聴取だ。大坪の行き先は？」

「この近くの鉄板ステーキの店で、知り合いの女性と食事をしてるはずです」

「その女は米良奈津子なんだろ？」

「よくご存じですね。その店は『シャルマン』という名で、この前の通りを右に五、六十メートル行ったあたりにあります。すぐわかると思うな」

相手が言った。

土門は黙ってうなずき、事務所を出た。雑居ビルから『シャルマン』に向かう。教えられた店は、造作なく見つかった。

テナントビルの一階をそっくり使って営業していた。店内には、鉄板の埋められたテーブルが十数卓あった。大坪と奈津子は右端のテーブルに並んで腰かけ、焼きたてらしいステーキを食べていた。飲みものは赤ワインだった。

鉄板の向こうには、白いコック帽を被った四十代の男が立っている。客の目の前で、肉や野菜を炒《いた》めていた。

土門は大坪の肩を軽く叩き、かたわらの椅子に坐った。

大坪と奈津子が相前後して、驚きの声をあげた。二人とも、ペーパーエプロンを掛けていた。

「ちょっと席を外してほしいんだ」

土門はコックに声をかけた。相手が厨房《ちゅうぼう》に引っ込む。

「きょうは、デリンジャーを隠し持ってないよな?」

土門は奈津子に話しかけた。

「横浜まで何しに来たの?」

「また、あんたの背中の緋牡丹《ひぼたん》を拝ませてもらおうと思ってな。ついでに、シークレットゾーンもじっくりと見せてもらうか」

「き、きさま!」

大坪が、いきり立った。

「冗談だよ」

「早く用件を言え」

「会長、危《ヤバ》いことをやっちまったな。あんた、誰かに四谷署の中森って刑事を殺《や》らせたね？」

土門は鎌《かま》をかけた。

「何を言ってやがるんだ⁉」

「おれには正直になったほうがいいな」

「おれたちと警察は持ちつ持たれつの関係なんだ。現職刑事を始末させるわけねえだろうがっ」

「ほんとだな？」

「くどいぞ」

大坪が吐き捨てるように言った。土門は、大坪の横顔をずっと見ていた。芝居をしている様子はうかがえなかった。

「その殺された刑事は、偽の土門岳人だったんじゃねえのか。そうなんだな？」

「いや、違う。中森って刑事が追ってた詐欺師を港南花菱会が匿《かくま》ってるって密告電話があったんで、ちょっと聞き込みに来たのさ」

土門は、とっさに思いついた嘘を口にした。

「そいつは虚偽情報《ガセネタ》だ。そんな事実はねえよ」

「どうもそうみたいだな。横浜くんだりまで来て、くたびれ儲けか。それはそうと、おれに中学生の女の子を紹介してくれないか。まだ下の毛が生え揃《そろ》ってないような娘《こ》がいいな」

「もう少女売春はやってねえよ」

「表向きは、そういうことになってるんだろうな。けど、営業はつづけてるはずだ。それから、買春客に相変わらず名画の複製を高く売りつけてんだろが？」

「そっちも、もうやってねえよ。また正体不明の脅迫者に強請《ゆす》られたら、頭にくるからな」

「おれの名を騙って、あんたから五千万を脅し取った奴を放っておく気じゃないんだろ？　港南花菱会の面子《メンツ》丸潰れだからな、このままじゃ」

「おれも最初はどんな手を使ってでも、自称土門岳人を見つけ出して、焼きを入れてやるつもりでいたんだ。現に、おめえを生け捕りにする気で、奈津子に色仕掛けを使わせた」

「そうだったな」

「けど、おめえは罪をおっ被せられただけだった。時間と銭を使って、犯人捜しをしても、脅迫者を突きとめられるとは限らねえ。しかも、その犯人が誰か知り合いに港南花菱会の非合法ビジネスの証拠を預けてあるかもしれないよな？」

「あり得ないことじゃないだろう」

「そう考えたら、下手に騒ぎ立てるのは損だと思ったわけよ。五千万の口止め料を払わされたのは腹立たしいけどな」

「もう犯人捜しはしないってことか」

「ああ。犯人捜しは、あんたに任せらあ」

「そのほうがいいな。ついでに、刺青《スミ》を入れてる姐《ねえ》さんもおれに任せるかい？」

「おめえは、どうも奈津子が気に入ったらしいな。だったら、おれの目の前で奈津子を抱いてみてくれや？」

「3Pをやろうってわけかい？」

「そうじゃねえんだが、世話してる女がほかの男に姦《や》られてるとこをもろに見たら、息子がおっ立つんじゃねえかと思ってさ。最近はバイアグラを服《の》んでも、いつも中折れになっちまうんだ」

「せっかくのお誘いだが、それは遠慮しておこう」

「真顔《まがお》で返事をしやがったな。冗談だよ」

大坪が勝ち誇ったように高く笑った。

土門は片方の目を眇《すが》め、おもむろに立ち上がった。大坪の背後に回り込み、素早く腋《わき》の下に両手を潜《くぐ》らせる。一気に大坪を持ち上げ、その顔を焼けた鉄板に押しつけた。

大坪が怪鳥《けちょう》じみた声を発した。肉の焦《こ》げる臭《にお》いも拡《ひろ》がった。

「なんてことをするのよっ」

奈津子が土門を詰《なじ》った。

「あんたを裸にして、背中を鉄板に強く押しつけてやろうか？　そうすりゃ、緋牡丹の刺青《いれずみ》はぼやけるぜ」

「刑事だからって、あまりいい気にならないほうがいいわよ。そのうち、やくざ者に命《タマ》奪《と》られるから」

「そんときは、大坪と一緒に赤飯でも炊《た》くんだな」

土門は奈津子に悪態をつき、大坪をフロアに投げ落とした。大坪の左の頬は一面、火脹《ひぶく》れになっていた。

「大丈夫？」

奈津子が大坪に駆け寄った。店内がざわめき立った。

土門は『シャルマン』を走り出て、表通りでタクシーに飛び乗った。いつからか、伊勢佐木町はネオンやイルミネーションの光に彩《いろど》られていた。

車が都内に入ると、土門は初老の運転手に話しかけた。

「JR目黒《めぐろ》駅のそばに『目黒セレモニーホール』って葬儀会館があるはずなんだ。その前で降りる」

「わかりました。お身内に、ご不幸でもあったんですか？」

「いや、そうじゃない。知り合いの刑事がきのうの晩、殺されたんだよ。まだ三十五だったんだがね。そいつの仮通夜《かりつや》が営まれるんだよ」

「早死にですね。六十近くまで生きてきたわたしとしては、なんだか申し訳ないような気がしますよ」

タクシー運転手はそう言い、ハンドルを巧《たく》みに操りつづけた。

目的の場所に着いたのは、七時過ぎだった。

土門は『目黒セレモニーホール』の一階ロビーに入り、案内板を見た。中森友輝の仮通夜は三階の小ホールで執《と》り行われているようだ。本通夜は明日らしい。

土門はエレベーターで三階に上がり、小ホールに足を踏み入れた。正面の祭壇には菊の花に囲まれた遺影が飾られ、その前にはキャスターに載せられた柩《ひつぎ》が置かれていた。

まだ僧侶《そうりょ》の姿は見当たらない。通路の両側には、遺族と思われる男女が並んでいた。未亡人の瑞穂は右側の最前列に坐っていた。黒のフォーマル姿だった。

香炉台の前には、数人の弔問客《ちょうもんきゃく》がいた。土門は型通りの焼香を済ませ、空咳《からぜき》をした。瑞穂が振り返った。

土門は小ホールを出て、喫煙室に入った。誰もいなかった。煙草を喫《す》っていると、瑞穂がやってきた。

「わざわざ申し訳ありません」

「きのうは機捜《きそう》の初動班が到着する前に消えちまって、悪かったな。立場上、いつまでも現場にいるわけにもいかなかったんでね」

「ううん、いいんです。気にしないでください。それよりも、てっきり夫に見棄《みす》てられたと早合点してしまったけど、そうじゃなかったんですね」

「ああ。中森は約束の午後七時までには自宅マンションに戻る気でいたんだろう。しかし、帰宅途中に何者かに拉致され、どこかでリンチされたんだろうな。中森は威《おど》しに屈しなかったんで、匕首であちこち刺されてしまったにちがいない」

「渋谷署の刑事さんも、似たようなことを言ってました」

「そう。おそらく中森は個人的に誰かの弱みを掴んで、多額の口止め料を脅し取る気だったんだろう」

「わたしに内緒で一億四千万円の競売物件を買ってたわけだから、そうなのかもしれません。きょうの午後、弟に杉並《すぎなみ》の登記所に行って来てもらったんです。三階建ての賃貸マンションの土地と建物は、間違いなくわたしの名義になってたそうなの」

「やっぱり、そうだったか」

「中森は何か事業でも興《おこ》そうと思って、その資金を恐喝で調達しようとしたんでしょうか」

「そう考えてもいいだろう」

「昼間、訃報《ふほう》を知った皆川さんの奥さまから電話があったんです。夫は皆川さんに保険金詐欺を摘発しようと言って、いろいろ情報を貰ってたらしいんですよ」

「小柴組の保険金詐取の件は、皆川からの情報で知ったんだろうな」

土門は、港南花菱会の恐喝の件は口にしなかった。中森は別のルートから、大坪の非合法ビジネスのことを知ったのか。

「中森が何か悪いことをしてたのは間違いなさそうだけど、彼は大量の鮮血を流しながらも懸命に自宅に戻ろうとしたのね。そのことを考えると、わたし……」

瑞穂が涙声で言い、急にうつむいた。

「自分を責めないほうがいい」

「ううん、浅はかな考えに走ったわたしがいけないのよ」

「話を変えよう。旦那のＵＳＢメモリー、住所録、郵便物なんかは所轄の渋谷署が捜査資料として持ち帰ったんだろう?」

「ええ、ほとんどね」

「それじゃ、マンションを物色しても、事件を解く手がかりは見つからないだろうな。弔問客の中に、不審な人物はいなかった?」

「別に怪しいというわけじゃないんですけど、名前も知らなかった夫の友人がさっき焼香に来てくれたんですよ」

「どんな奴？」

「四十五、六歳で、長坂紀彦《ながさかのりひこ》という名前でした。『薬品ジャーナル』という製薬関係の業界紙の記者をやってるそうよ」

「その男は、名刺を差し出した？」

「いいえ、自己紹介しただけです。それから、ちょっと変なことを言ってたわね」

「変なこと？」

「ええ。中森が長生きしてたら、事業家として大成功してたかもしれないと呟いたんです」

「そう。その長坂って業界紙記者が中森の秘密を何か知ってそうだな」

「わたしも、そう感じました。お葬式が終わったら、わたし、長坂さんの勤務先の住所を調べて、一度、会いに行くつもりでいます」

「そいつは危険だな」

「どうして？」

「中森は長坂という奴と共謀して、何か悪事を企《たくら》んでたのかもしれないからな。長坂には、おれが会う。まさか現職刑事のおれには、おかしなことはしないだろう」

「何かわかったら、教えてもらえます？　中森がわたしに隠れて、いったい何をしようとしてたのか知りたいんです。わたしたちは夫婦だったわけですけど、夫のほんの一面しか知らなかったんだと思います。一度は真剣に愛した男だから、裏の顔というか、醜い側面も知っておきたいの」

「その気持ち、なんとなくわかるよ」

「そうしないと、わたし、新たな生き方ができない気がするんです」

「そうだろう」

土門は、スタンド型の灰皿の中に短くなったラークを投げ捨てた。瑞穂がゆっくり遠ざかっていった。

土門は椅子から立ち上がった。

第四章　共謀者の影

1

みすぼらしい社屋《しゃおく》だった。

薬品ジャーナル社は、千代田区三崎町《みさきちょう》の裏通りにあった。木造モルタル塗《ぬ》りの二階家だった。

土門は、業界紙を発行している会社のドアを押した。

中森の仮通夜に顔を出した翌日の午後四時過ぎだ。

一階には、編集局と記されたプレートが掲《かか》げられている。金属製のデスクが四卓ほど置かれ、奥の机で六十年配の痩《や》せた男が政府刊行物に目を通していた。

「記者の長坂紀彦さんにお目にかかりたいんだが……」

土門は男に声をかけた。

「長坂は席を外しています」

「外出先を教えてもらえると、ありがたいんだがな」

「どなたでしょう？」

「警視庁の者です」

「えっ？　長坂の奴、何か危《ヤバ》いことでもしたんですか⁉」

「そうじゃないんです。長坂氏の知人が一昨日《おととい》の夜、殺されたんですよ。その事件のことで聞き込みをね」

「そうなの。長坂は表通りにある『ロンド』という喫茶店で記事を書いてるはずです。その店に行ってみたら？」

六十絡《がら》みの男は視線を机上に落とした。

土門は礼を述べ、薬品ジャーナル社を出た。教えられた喫茶店は、わけなく見つかった。昔風の造りの喫茶店で、店内はそれほど広くない。

クラシックの名曲が控え目に流れていた。ショパンのピアノ協奏曲だった。

客は二組しかいなかった。中ほどの席にカップルが向き合っている。奥のテーブル席でノートパソコンのキーボードを叩いているのは、四十五、六歳の馬面《うまづら》の男だった。長坂だろう。

土門は奥の席に歩み寄った。テーブルの脇《わき》で立ち止まると、馬面の中年男が顔を上げた。

「長坂紀彦さんですね？」

「そうだけど、どちら？」

「警察の者です。土門といいます」

「おれ、逮捕されるようなことはやってないけどな」

「単なる聞き込みですよ。少しだけ時間をいただけませんか。刺殺された中森友輝のことをうかがいたいんです」

「ああ、中森君のことでね」

長坂がパソコンを閉じ、自分のかたわらの椅子《いす》の上に置いた。

土門は一礼し、長坂と向き合った。マスターらしき五十一、二歳の男が注文を取りに来た。ウェイトレスもウェイターもいなかった。

土門はホットコーヒーを頼んだ。男は、すぐに下がった。

「別に疑うわけじゃないけど、一応、警察手帳を見せてほしいな」

長坂が言って、セブンスターをくわえた。土門は素早く警察手帳を呈示した。

「組対《そたい》四課の方なのか。ということは、中森君は暴力団関係者に殺《や》られた疑いが濃いわけだね？」

「ええ、まあ」

「本庁の刑事さんが動いているってことは、渋谷署に帳場が立ったわけか」

長坂が言った。所轄署に捜査本部が設《もう》けられることを警察の隠語で〝帳場が立つ〟という。

「業界紙の記者の方が、そういう隠語を知ってるとは思わなかったな」

「以前はフリーライターをやってたんですよ。いろんな週刊誌に事件レポートを書いてたんだが、ある取材対象者に告訴されてから、とたんに仕事の依頼がなくなっちゃった。人間、喰《く》っていかなきゃならないでしょ？　だから、不本意ながら、業界紙の記者になったわけですよ」

「そうだったんですか。中森とはライター時代にお知り合いになった？」

「ええ、そうです。四年ぐらい前のことだったな。中森君には、経済やくざが絡んだ事件のデータをよく流してもらってたんです。記者クラブの連中にも伏せられてた特《とく》種《だね》を提供してもらったこともあるな」

「ふつうは、そこまではやらないはずですがね。中森は小遣いに不自由してたんだろうか」

「謝礼欲しさというよりも、中森君は自分の努力が報《むく》われないことが腹立たしかったんだろうな。当然ご存じでしょうが、警察には外部から、いろんな圧力がかかります。それで、しばしば各界の著名人のスキャンダルなんかはマスミコには伏せられてしまう」

「そういうケースは、確かにあります」

「中森君は、せっかく苦労して手柄を立てても、事件背景のすべてがマスコミに流れないことによく憤《いきどお》ってた。だから、彼はおれに、いや、わたしにスクープ種を洩らしてくれたんでしょう」

「なるほど」

　土門はコップの水を飲んだ。そのとき、コーヒーが運ばれてきた。

　長坂が脚《あし》を組み、指先で長くなった灰をはたき落とした。左手首に嵌《は》められているのはピアジェだった。ダイヤモンドをちりばめた超高級腕時計だ。

　よく見ると、背広も安物ではなかった。ネクタイもブランド物だった。靴はイタリア製だろう。業界紙の記者の給料は、それほど高くないはずだ。長坂は何か後ろ暗いことをして、汚れた金を得ているのではないか。

　殺された中森は恐喝を働いていた。長坂も、その類《たぐい》の犯罪に手を染めているのかもしれない。手っ取り早く儲《もう》けたければ、非合法な手段を選ぶのが早道だ。すべての業種に同じことが言えるだろう。

　食材の生産地を偽ったり、関係官公庁の担当官に袖《そで》の下を使うケースは昔から半《なか》ば公然と行われている。薬品に限っても、治験《ちけん》データの改ざんが行われている場合もある。新薬の許認可についても、不透明な部分があることは否《いな》めない。病院と製薬会社の癒着《ゆちゃく》ぶりも改まっていないようだ。

業界の裏の裏まで知っている者が強請《ゆすり》を働く気になれば、いくらでも恐喝材料は見つかるだろう。長坂も製薬会社から小遣いをたかっているのかもしれない。

土門はコーヒーをブラックで啜《すす》った。

「中森君は無念だったと思うな。彼はね、いずれ起業家になることを夢見てたんですよ。退官まで刑事をやってても、ノンキャリアじゃ、いい思いはできないからね」

「こっちも、ノンキャリアなんですよ」

「あっ、失礼！　別に当て擦《こす》りを言ったわけじゃないんだ。気を悪くしたんだったら、謝ります」

「気にしないでください、中森が言った通りなんですから。警察は典型的な階級社会です。どんなに現場の刑事が職務に力を注《そそ》いでも、ある程度までしか昇進できない。仮に殺人犯を千人捕まえても、キャリアを凌《しの》ぐような出世はできませんからね」

「野心のある人間にとっては、辛《つら》い職場なんだろうな」

「ええ、その通りです。中森はあまり目立つ存在じゃなかったが、野望家だったんだろうな」

「それは、かなりのものでしたよ。彼は酔いが回ると、いつも遠大な夢を語ってた。何かベンチャービジネスで大成功を収め、財界人たちに一目置かれるような実業家になるんだとね」

「しかし、元手の資金があるわけじゃない。そこで中森は、ダーティーな手段で事業資金を調達しようと考えたんじゃないんですかね」

「そうなのかもしれないな。最近の中森君は、金回りがよかったからね。一人前五万円もする懐石コースを奢《おご》ってくれたり、クラブで高いブランデーなんかを飲ませてくれた。おそらく中森君は、経済やくざから少しまとまった銭をせしめてたんだろう。脅《おど》された相手が、誰かに中森君を片づけさせたんじゃないのかな」

「思い当たる人物は？」

「いません」

長坂が首を横に振って、短くなった煙草《たばこ》の火を揉《も》み消した。フィルターの近くまで灰になっていた。

「中森は、奥さん名義で高円寺にある三階建ての賃貸マンションを一億四千万で買ってた。そのことは知ってました？」

「それ、競売物件ですよね」

「ええ、そうです」

「中森君は、知り合いの金融業者から購入資金をそっくり借りるつもりだと言ってたな」

ないな」
「その話は、もっともらしい嘘《うそ》だったのかもしれ
「そこまでは話してくれなかったね。その話は、もっともらしい嘘《うそ》だったのかもしれ

「その金融業者の名は？」

「そこまでは話してくれなかったね。その話は、もっともらしい嘘《うそ》だったのかもしれないな」

「中森は、恐喝で競売物件の購入資金を都合つけたんじゃないかってことですね？」

「おそらく、そうだったんだろう。彼は刑事だったわけだから、経済やくざを脅すことぐらいは平気でやれるでしょうか？」

「多分ね。中森が横浜の港南花菱会の周辺を嗅《か》ぎ回ってたという情報もあるんですが、そのあたりについて何か知りませんか？」

「横浜の町工場の経営者が東京の会社乗っ取り屋に喰われて、無一文になったらしいんですよ。で、元経営者の中学生の娘が一家の生活費を稼ぐため、港南花菱会が管理してる売春組織のメンバーになったという話は聞いたことがあるな。リカとかいう中二の女の子だとか」

「中森は、そのリカとかいう女子中学生を更生させたくて、横浜に通ってたんだろうか」

「そうだったみたいですよ。でも、リカって娘《こ》は家族を飢えさせるわけにはいかないって、客を取りつづけてたようだね。中森君は自分の無力さを嘆《なげ》いてましたよ」

「そうですか」

土門はラークに火を点《つ》けた。

中森は女子中学生たちを喰いものにしている港南花菱会に憤《いきどお》りを覚え、大坪会長から五千万円を脅し取ったのだろうか。

そうだとしたら、リカに五、六百万円回してやったのではないか。そのとき、中森はリカから大坪が少女売春婦を買った客たちに名画の複製を高く売りつけている話を聞いたのだろう。そして、彼は大坪から五千万円を脅し取ったと疑える。

なぜ、中森は大坪から五千万円しかせしめなかったのか。その気になれば、もっと毟《むし》れたはずだ。その後、中森はもっと金になりそうな恐喝材料を手に入れたのだろうか。そうなのかもしれない。

目の前に坐っている長坂は、そのことを知っていたのではないか。それで、前夜、未亡人の瑞穂に故人が生きていれば、事業で大成功するという意味のことを言ったのかもしれない。

中森は長坂とつるんで、丸々と太った獲物の肉を貪《むさぼ》ることになっていたのか。しかし、相棒の片割れは何者かに刺し殺されてしまった。

長坂が共謀者だとしたら、恐喝計画を断念するだろうか。確かに単独による犯行は心細い。

だが、その分、取り分は倍になるわけだ。長坂には、中森を始末させた人物には心当たりがあるのではないか。そうなら、相手の致命的な弱みを握《にぎ》っているにちがいない。

どこか胡散《うさん》臭げな長坂をしばらくマークしてみよう。土門はそう思いながら、煙草を深く喫《す》いつけた。

「中森君が死んでしまったんで、なんだかとっても寂しいですよ。年齢は十歳も離れてたんだが、彼とは妙に波長が合ったんだよね」

「そうですか」

「刑事さんは、中森君とは接触がなかったんでしょ？」

「いいえ、面識はあったんですよ。以前、わたしも四谷署の刑事課にいたんで」

「そうだったのか」

「といっても、特に中森と親しかったわけじゃありません。何回か一緒に酒を酌《く》み交《か》わした程度のつき合いでした」

「それでも、ショックだったでしょ？」

「ええ、それはね」

「早く犯人を検挙《アゲ》てくださいよ。事件が迷宮《オミヤ》入りになんかなったら、中森君はずっと成仏《じょうぶつ》できないからね」

「もちろん、全力を尽《つ》くします」

「お願いします。実は、夕方までに仕上げないといけない原稿があるんですよ」

長坂が申し訳なさそうに言い、ノートパソコンを開いた。

土門は煙草の火を消し、卓上の伝票を抓《つま》み上げた。

「あっ、伝票は置いてってください。あなたのコーヒー代ぐらい、会社の経費で落とせますから」

「他人《ひと》に奢られるのは好きじゃないんですよ」

「カッコいいことを言うな。なら、ご馳走《ちそう》になるか」

「そうしてください」

「明日の告別式には、刑事さんも列席されるんでしょ？」

長坂が問いかけてきた。土門は返事をぼかして、椅子から腰を浮かせた。二人分の勘定を払い、『ロンド』を出る。

土門は白山《はくさん》通りに向かって歩きだした。

百メートルほど歩いたとき、背中に他人の視線を感じた。土門は歩《ほ》を運びながら、首を小さく巡《めぐ》らせた。

長坂が慌《あわ》ててラーメン屋の大きな看板の陰に隠れた。急ぎの原稿を仕上げなければならないはずの彼が、わざわざ喫茶店から出てきたのはこちらの動きが気になったせいだろう。

長坂は何か後ろ暗いことをやっているにちがいない。

土門は確信を深め、歩度《ほど》を速《はや》めた。白山通りに出ると、後楽園の近くまで歩いた。たたずみ、路上に駐《と》めてある車を眺《なが》めはじめる。エンジンをかけっ放しの車は、あいにく一台もなかった。

土門は自然な足取りで、黒いスカイラインに歩み寄った。万能鍵《かぎ》を使って、ドアのロックを解除する。

土門は運転席に坐り、エンジンを始動させた。一発でかかった。

土門はスカイラインを穏やかに走らせはじめた。大きく迂回《うかい》してから、車を『ロンド』のある通りに入れた。

長坂がいると思われる喫茶店の三、四十メートル手前で、スカイラインを路肩《ろかた》に寄せる。張り込みの開始だ。

土門は車のエンジンを切り、シートの背凭《せもた》れに上体を預けた。

2

長坂が『ロンド』から現われた。

ちょうど午後六時だった。長坂はノート型パソコンを小脇に抱え、表通りから脇道に入った。薬品ジャーナル社のある裏通りだ。

いったん会社に戻るのだろう。

土門は盗んだスカイラインのエンジンを唸らせ、長坂が消えた脇道に車を移動させた。薬品ジャーナル社から数十メートル離れた場所にスカイラインを停め、手早くヘッドライトを消した。次《つ》いでエンジンも切る。

土門はゆったりと紫煙をくゆらせた。

一服し終えても、長坂は職場から姿を見せない。まだ仕事が残っているのだろう。

ひょっとしたら、沙里奈はかつてフリーライターだった長坂紀彦のことを知ってるかもしれない。土門は思い立って、沙里奈のスマートフォンを鳴らした。少し待つと、電話は繋がった。

「そっちに訊《き》きてえことがあって、電話したんだよ。いま、大丈夫かい？」

「ずいぶん遠慮がちなのね。土門さん、どうしちゃったの？」

「そっちが麻衣ちゃんとベッドでいちゃついてたら、迷惑だろうと思ってさ」

「いつもベタベタしてるわけじゃないわ」

「そうかい。沙里奈は、長坂紀彦って元フリーライターのことを知ってるか？　いまは製薬関係の業界紙記者をやってる四十代後半の男なんだが」

「面識はないけど、その筆名には記憶があるわ。それから、悪い噂《うわさ》も耳に入ってる」

「悪い噂？」

「ええ、そう。長坂紀彦は数年前まで犯罪ノンフィクション関係の原稿を週刊誌や月刊誌に精力的に書いてたんだけど、事実無根のことを書いて被取材者に提訴されたのよ。記事を面白くするため、虚構《きょこう》をかなり盛り込んじゃったみたいね」

「そういうことがあったのか」

「その筆禍《ひっか》騒ぎを起こしてから、長坂は原稿依頼が激減しちゃっようね。結局、フリーのライターとして食べられなくなったみたいよ。それで彼は、ブラックジャーナリストめいたことをやるようになったらしいの」

「誰かと似たようなことをやりはじめたわけだな」

「土門さん、わたしは真っ当なライターよ。著名人たちのゴシップを多く取り上げてるけど、相手の弱みをちらつかせて恐喝なんて一度もやってないわ」

沙里奈が心外そうに語気を強めた。

「ほんのジョークだよ。そう目くじらを立てるなって。それより、話の先を聞かせてくれねえか」

「いいわ。ペンを持った強請屋に成り下がった長坂紀彦は雑誌ジャーナリズムの世界から閉《し》め出されて、『薬品ジャーナル』って業界紙の記者になったって話よ。もうメジャーのライターには復帰できないと思うわ」

「だろうな」

「なんで長坂紀彦なんかに関心を持ったわけ？」

「実は、殺された四谷署の中森刑事は長坂とつき合いがあったんだよ」

土門は経過をつぶさに語った。

「中森という刑事が小柴組と港南花菱会から総額で一億七千万円も脅し取ってたというなら、長坂と組んで誰かを強請る気だったんじゃないのかな？」

「おまえさんも、そう思うか。強請の相手は薬品メーカーかね？　新薬の認可に便宜《べんぎ》を図った厚生労働省の役人がいたとしても、でっかい金は脅し取れないからな。製薬会社は大きな公立病院や大学病院との取引をつづけるために、医療関係者をゴルフや酒席に接待して、金品もプレゼントしてる」

「ええ、そうね。でも、狙《ねら》われたのは製薬会社だと決めつけるのは早計だと思うわ。だって、中森刑事は知能犯係だったわけでしょ？」

「ああ」

「だったら、裏経済界のからくりは知り尽くしてたはずよ。それだけ、不正の事実を知ってもいるわけよね？」

「そういうことになるな。おまえさんが言うように、結論は急がないほうがよさそうだね」

「土門さん、焦《あせ》っちゃ駄目よ」

「そうだな。ところで、その後、愛《いと》しいパートナーの具合は？」

「だいぶ明るさを取り戻したけど、ちょっと困ってるの」

「どうしたんだい？」

「麻衣ったらね、二週間分の抗うつ剤をたったの五日で服《の》んじゃったの。『デジミン』という薬は効き目が早いんだけど、依存性も強いみたいなの」

「薬効が切れたとたん、麻衣ちゃんは極端に塞《ふさ》ぎ込んじまうんだな」

「そうなのよ。それだけじゃなく、自分の手首を剃刀《かみそり》で切ろうとしたり、ガス管をくわえたりするの。用心してないと、発作的に自殺されちゃうかもしれないでしょ？わたし、おちおち眠れなくてね。睡眠不足で一日中、頭がぼんやりしてる状態よ」

「それはよくないな。そんな状態が長くつづいたら、共倒れになるぞ」

「ええ、そうね」

「で、麻衣ちゃんが二週間分の『デジミン』を五日で服んじまったことを担当医に言ったのか？」

「もちろん、言ったわ。でも、ドクターは内臓に負担のかかる新薬じゃないから、別に心配はないって。それで、一日八錠までは服用してもかまわないと言ったのよ」

「専門医がそう言ってるんだったら、安心しててもいいんじゃないか」

「そうかしら？　わたしはなんとなく不安で仕方がないの。だって、麻衣は『デジミン』の効き目がなくなると、まるで麻薬中毒者みたいな顔つきになって、抗うつ剤を欲しがるのよ」

「そうなのか」

「きのうの朝、麻衣が勝手に『デジミン』を余計に服用しようとしたの。だから、わたし、強く窘《たしな》めて薬を取り上げたの」

「そうしたら？」

「わたしを冷酷だと罵《ののし》って、さんざん暴《あば》れたわ。物を壁や床に投げつけて、わたしにも組みついてきたの。逆にわたしが麻衣を床に押さえ込んだら、あの娘《こ》、腕に嚙《か》みついたのよ」

「凶暴だな」

「ええ、そうね。どこかで歯止めをかける必要があると思ったんで、わたし、麻衣の頰に平手打ちを浴びせてやったの」

「版画家はびっくりして、泣きだしたんだろうな」

「ううん、違うのよ。麻衣は親の仇《かたき》を見るような目でわたしを睨《にら》むと、キッチンに走ったの。それで、ステンレスの文化庖丁《ぼうちょう》を手にして戻ってきたのよ」

「麻衣ちゃん、おまえさんを刺そうとしたのか!?」

「庖丁を高く振り翳《かざ》したけど、斬《き》りつけてはこなかったわ。泣きながら、片手を差し出して、『デジミン』をくれって訴えてきたの。でも、絶対に錠剤は渡さなかったわ。途中で何度も、麻衣の涙に負けそうになったけどね」

「偉いな。ふつうは情《じょう》に絆《ほだ》されてしまうもんだ」

「でしょうね。わたしも、もう少しで負けそうになったわ。でも、心の中で麻衣のために鬼にならなければと繰り返して、薬は渡さなかった」

「ちくしょう！　おまえさんは、麻衣ちゃんを愛してやがるんだな」

「ええ、かけがえのないパートナーだと思ってるわ」

「妬《や》けるな。で、麻衣ちゃんはついに根負《こんま》けしたわけか？」

「ええ。庖丁を飾り棚の上に置くと、ベッドの中に潜《もぐ》っちゃったわ」

「生き地獄だな。麻衣ちゃんの禁断症状がひどくなるようだったら、別の病院に連れていったほうがいいよ。取り込んでるとこを悪かったな」

土門はスマートフォンを上着の内ポケットに滑り込ませた。

それから三十分が流れたころ、長坂が勤務先から現われた。背広の上に、コートを羽織《はお》っている。

土門はスカイラインのエンジンを始動させた。

長坂は表通りに向かった。土門は車を低速で走らせはじめた。長坂は表通りで、タクシーに乗った。土門は、長坂を乗せたタクシーを追尾《ついび》しつづけた。

タクシーは裏通りを抜け、早稲田《わせだ》通りに入った。そのまま道なりに進んでいく。行き先の見当はつかなかった。

やがて、タクシーはJR高田馬場《たかだのばば》駅の少し手前で停止した。車を降りた長坂は早稲田通りに面したペットショップに入っていった。

仔犬《こいぬ》でも買う気なのだろうか。土門は、スカイラインをペットショップの斜め前のガードレールに寄せた。

ペットショップは割に間口《まぐち》が広い。ガラス張りで、店内は丸見えだ。

カラフルな犬舎の中には、チワワ、ビーグル、シェットランド・シープドッグ、ミニチュア・ダックスフント、マルチーズ、ウェルッシュ・コーギーなどの仔犬がいた。

いずれも、生後三カ月前後だろう。

ケージには値札が掛かっていた。どれも十万円以上だった。二十万円台の仔犬が圧倒的に多い。三十万円以上の仔犬もいた。

不況が長くつづいていたせいか、犬や猫など小動物に癒《い》やしを求める人々が多い。いまやペット業界は一兆三千億円産業だ。

長坂は猫コーナーにたたずんでいた。ほかに客の姿はない。

ほどなく奥から二十七、八歳の店主らしき女が姿を見せた。どことなく垢抜《あかぬ》けた現代的な顔立ちの美人だった。

長坂が女に何か言い、右手を差し出した。

女が無言で、銀行名の入った封筒を長坂に渡した。分厚い。中身は百万円以上の札束だろう。

どうやら長坂は、ペットショップの女経営者から金を脅し取ったらしい。悪質なペット業者はブリーダーと組んで、難病の遺伝子を持つ人気犬種を平気で何百匹も売っている。

本来、そうした犬は薬殺するのが業界のルールだ。しかし、一部の不心得者は繁殖《はんしょく》させた〝不良品〟をこっそりとペット業者に売り渡している。

そういった仔犬や仔猫が数万から数十万円で裏取引されて、堂々とペットショップで売られているケースは少なくない。

ゴールデン・レトリバーなど大型犬は、先天性の股関節形成不全《こかんせつけいせいふぜん》や進行性網膜萎縮《もうまくい》症《しゅくしょう》といった遺伝病を持っていることが多い。小型犬のチワワは、水頭症《すいとうしょう》や後頭骨《こうとうこつ》形成不全になりやすい傾向がある。

しかし、そうした遺伝性疾患《しっかん》も幼犬のときにはめったに発症しない。そのため、客は問題のあるペットを買ってしまうわけだ。

成犬になって難病が発症したからといって、簡単に始末できるものではない。ペットブームの陰で、難病に苦しむ犬や猫を抱えて困惑している人たちの数は増える一方だ。

長坂は受け取った分厚い封筒をコートのポケットに入れると、女の耳許で何か囁《ささや》いた。女が首を横に大きく振った。そのとたん、長坂は険《けわ》しい表情になった。女が拝《おが》む恰好《かっこう》をして、長坂に何か哀願《あいがん》した。

だが、長坂は耳を傾けようとはしない。女がうなだれた。

長坂は、もっと金をせびる気なのではないか。

土門は、そう感じた。長坂が店主と思われる女に何か告げ、外に出てきた。ペットショップの横の暗がりに立ち、煙草を喫《す》いはじめた。

数分後、ペットショップの照明が消された。

すぐに女が店から出てきて、シャッターを下《おろ》した。

長坂は煙草の火を靴で踏み消し、女の手を握った。女は控え目ながらも、迷うことなく長坂の手を振り払った。長坂は肩を竦《すく》め、車道に歩み寄った。女がためらいがちに長坂に従《つ》いていった。

二人はタクシーに乗り込んだ。

土門はタクシーを尾《つ》けはじめた。タクシーは脇道に入り、明治通りに入った。土門は追走した。

タクシーは十分ほど走り、池袋北口のラブホテル街に入った。そして、真新しいファッションホテルの前で停まった。

長坂は女の手を引っ張りながら、ホテルの中に入っていった。タクシーはすぐに走り去った。

長坂は金を無心《むしん》した上に、女の肉体も弄《もてあそ》ぶつもりらしい。汚い男だ。

土門は自分のことは棚に上げ、長坂のことを罵《ののし》った。彼自身も強い性衝動《リビドー》に駆られれば、女を強引に抱いてしまう。効き目の速いスウェーデン製の誘眠剤《ゆうみんざい》で相手を昏《こん》睡《すい》させ、ホテルに連れ込んだこともあった。

偉そうなことは言えない立場だが、ペットショップの女店主を救ってやりたい。

土門はスカイラインを路上に駐《と》め、二人がいるホテルのエントランスロビーに入った。客室案内パネルの半分は、まだ灯《ひ》が点いていた。フロントは小さな窓口があるだけだった。

その前に立つと、窓口のカーテンが横に払われた。顔を見せたのは、五十四、五歳の色黒の女だった。

「うち、コールガールは呼べないんですよ。だから、ほかのホテルに行ってもらえます？」

「客じゃないんだ」

「地回りの方ね。でも、うちはみかじめ料を一年分まとめて払ってますよ、オーナーがね」

「おれは地回りの連中を取り締まる側だよ」

土門は苦く笑って、警察手帳を呈示した。

「ごめんなさい。もしかしたら、その筋《すじ》の方じゃないかと思ったもんで」

「気にしないでくれ。よくヤー公と間違われるんだ。ところで、少し前に中年男と二十七、八歳くらいの女のカップルが入っただろ？」

「ええ」

「その二人は、何号室にいるのかな」

「四〇一号室ですけど。あの二人、何か事件に関《かか》わってるんですか？」

「ちょっとした事情聴取をするだけだよ。だから、騒いだりしないでほしいんだ」

「わかりました。マスターキーをお貸ししたほうがいいのかしら？」

相手が言った。土門は黙って首を横に振り、エレベーターホールに急いだ。

ホールで函《ケージ》を待っていると、思いがけないことになった。ペットショップの女店主と思われる女がエレベーターから飛び出してきたのである。顔が強張《こわば》っていた。

「長坂がシャワーを浴びてる隙《すき》に部屋から逃げ出したようだな」

土門は言った。

「あなたは？」

「警察の者だ。そっちは高田馬場のペットショップの経営者だね」

「ええ、そうです」

「氏名は？」

「新宮亜希《しんぐうあき》です」

「幾つなのかな？」

「二十七です」

「長坂のことで、ちょっと訊きたいんだ」

「ここで話をしてると、彼が追ってくるかもしれませんから、早くホテルの外に出たいんです」

亜希が怯《おび》えた様子で言った。

土門は亜希をスカイラインに導《みちび》いた。彼女を助手席に坐らせ、素早く運転席に入る。

「刑事さんは高田馬場から、わたしたち二人を尾行してたんですか？」

「そうだよ。そっちは何か長坂紀彦に弱みを握られて、金を脅し取られたんじゃないの？」

「え、ええ。百五十万円の現金を渡したんですけど、さらに長坂にホテルにつき合わないと、こちらの弱みを公《おおやけ》にすると凄《すご》まれたんです。それで、わたし、いやいや……」

「長坂にどんな弱みを握られたんだい？」

「わたし、悪質なブリーダーに騙《だま》されて、水頭症になりやすいチワワを七匹、それから先天性股関節形成不全のラブラドール・レトリバーの仔犬を五匹仕入れてしまったんです。その十二匹が難病の遺伝子を持ってるとは思わなかったもんですから、全部、お客さんに売ってしまったんですよ」

「その客の中に、長坂がいたのか？」

「いいえ、あの男が仔犬を買ったわけじゃないんです。長坂の知り合いの女性がチワワを買ってくれたんですよ。そのチワワは生後一年目に水頭症になってしまったんです」

「そう」

「長坂は仕入れ先のブリーダーとわたしが結託《けったく》して、問題のある仔犬を売って荒稼ぎしてると難癖をつけてきたんです。でも、わたしも被害者なんですよ。ブリーダーに騙されて、売ってはいけない十二匹の仔犬を買わされたわけですから」

「そのブリーダーは、いまもあくどい商売をしてるのか？」

「長坂に脅迫されて、どこかに雲隠れしてしまったようです。居所はわからないんです」

「そうか。ちょっと答えにくい質問だと思うが、百五十万を払ったのに、ホテルまでつき合う気になったのはなぜなんだい？　十二匹の仔犬の件のほかに他人に知られたくないことでもあるのかな」

「それは……」

亜希が言い澱《よど》んだ。

「そっちの秘密は他言しないよ。話してくれないか」

「実はわたし、妻子持ちの男性とつき合ってるんです。相手に迷惑がかかるんで、その方の名前は教えられませんけど」

「そういうことだったのか。ペットショップの開業資金は不倫相手が都合《つごう》つけてくれたのかな？」

「ええ、そうです」

「きみの彼氏はリッチマンらしいな」

「公務員ですから、それほど経済的に余裕はないと思います。でも、彼は女も自立したほうがいいと言って、開業資金の一千七百万円を知人から無担保無利子で借りてくれたようです」

「それは、たいしたもんだ。そっちのことを心から支《ささ》えてやりたいと思ってるんだろうな」

「そうなんだと思います」

「長坂は、そっちの不倫のことも恐喝材料に使ったわけだ。だから、そっちは渋々、ホテルまで従《つ》いてきたんだね」

「ええ、そうです。わたし、彼の家庭を壊す気はないんです。ただ、ずっと交際できればと望んでるので、不倫のことを表沙汰《おもてざた》にされたくなかったんですよ。だけど、ホテルの部屋で長坂と二人っきりになったら、取り返しのつかないことになる気がしてきたの。それで、隙を見て逃げてきたんです」

「長坂は一度だけじゃなく、何度もそっちを抱きたがると考えたわけだな」

「そうではないんです。わたしを抱いたら、そのことを長坂は不倫相手に話すかもしれないと思ったんです」

「なるほどね。その可能性はありそうだな」

「ホテルから逃げ出したわけですから、長坂はしつこくわたしにつきまとうはずです。怕《こわ》いわ」

「長坂を少し懲《こ》らしめてやろう。そうすれば、奴も下手なことはしなくなるだろう」

「よろしくお願いします」

「おれは長坂をマークしつづけるから、そっちはもう帰れ」

　土門は言った。

亜希が礼を述べ、スカイラインを降りた。そのまま彼女は小走りに去った。

長坂をすぐに締め上げずに、少し泳がせてみることにした。そうすれば、思いがけない手がかりを得られるかもしれない。

土門はラークの箱から、煙草を抓み出した。

3

待ったのは十分そこそこだった。

長坂がラブホテルから出てきた。仏頂面《ぶっちょうづら》だった。亜希に逃げられ、腸《はらわた》は煮えくり返っているにちがいない。いい気味だ。

土門は冷笑して、エンジンを低く唸らせた。

長坂はラブホテル街を出ると、タクシーを拾った。まっすぐ帰宅するのか。それとも、どこかで苦い酒を呷《あお》るつもりなのだろうか。

土門はスカイラインで、長坂を乗せたタクシーを尾《つ》けはじめた。

タクシーは池袋《いけぶくろ》駅の西口に出ると、しばらく西武《せいぶ》池袋線に沿って進んだ。長坂がタクシーを降りたのは、東長崎《ひがしながさき》駅のそばにある鮨屋《すしや》の前だった。彼は馴《な》れた足取りで、『繁鮨《しげずし》』の店内に入っていった。

土門は駅前商店街に車を停めた。

一服してから、『繁鮨』に近づく。店のガラス戸の上部は素通しになっている。そこから、土門は店内を覗《のぞ》いた。

素木《しらき》のカウンターの中央に、長坂が坐っていた。そのかたわらには、三十八、九歳の厚化粧の女が腰かけている。出入口側だった。

二人は親密な間柄に見えた。といっても、夫婦ではなさそうだ。

ほかにサラリーマンと思われる三人連れの客がいた。長坂と連れの女の関係を早く知りたかったが、まさか店の中に入るわけにはいかない。

土門は車の中に戻った。

数分が流れたころ、弁護士の黒須から電話がかかってきた。土門は、これまでの経過を話した。

「業界紙記者が殺された中森に代わって、第三の金蔓《かねづる》に脅しをかけようとしてるのかね」

「旦那《だんな》は、そうは思ってないみたいだな」

「うん、まあ。ペットショップの女店主から百五十万を脅し取って、ホテルに連れ込むなんて小悪党も小悪党だよ。そんなチンケな野郎がでっかい獲物に喰いつくだけの度胸があるかな？」

「長坂は欲深《よくぶか》なんでしょう。銭を強請《ゆす》れる相手を手当たり次第に揺さぶってるんだと思います。確かにスケールは小さいが、中森が得た金蔓を黙って放っておくことはないんじゃないかな。金には、魔力があるからね。そのことは、黒さんが一番わかってるでしょ？」

「ま、それはな。人の心以外は、たいがい金で買える。百万、二百万の金で魂《たましい》まで売ってしまう人間さえいるからな」

「そうですね。長坂がチンケな強請だけで終わらせるとは考えにくい。おそらく奴は、亜希の不倫相手からも金を吐き出させる気でいるんだろう。そうした悪事を重ねて度胸をつけてから、中森を始末させたと思われる謎の第三者に揺さぶりをかける気なんじゃないのかな」

「土門ちゃんにそう言われると、なんだか最初の自信がぐらついてきたよ。やっぱり、長坂が事件の鍵《かぎ》を握ってるのかもしれないな」

「黒さんがそんなふうに一歩譲るときは気をつけないとね」

「どういう意味なんだい？」

「何か魂胆《こんたん》があるんでしょ？　おれが中森を殺させた人物を捜し出したら、そいつを一緒に丸裸にしようとか企んでるんじゃないですか？」

「そんな悪辣《あくらつ》なことは夢想だにしてなかったよ。しかし、そういう手もあったか。金はいくらあっても、邪魔になるもんじゃない」

「たったいま思いついたようにしれーっと言うんだから、弁護士先生は救いようのない悪党だな。おれとは大違いです」

「よく言うよ、悪徳警官が。冗談はともかく、謎の第三者が透《す》けてきたら、こっちにも何か手伝わせてくれないか。電話一本で集めた情報を提出しただけじゃ、分け前を貰《もら》いにくいからな」

「おれは堅物も堅物だから、金や女なんかで心を惑《まど》わされることはないんですよね。黒さん、相手を間違えてるな」

「そっちこそ、救いようのない悪党じゃないか。とにかく、大きな動きがあったら、必ず連絡してほしいな」

黒須が先に電話を切った。

土門はスマートフォンを上着の内ポケットに入れると、カーラジオのスイッチを入れた。チューナーをFM東京に合わせる。パティ・ページの歌声が流れてきた。ブルースっぽい曲だった。メロディーに聞き覚えはあったが、曲名までは知らない。

パティ・ページのナンバーは、ダイアナ・ロスのパワフルなR&Bに引き継《つ》がれた。

土門は軽音楽を聴《き》きながら、時間を遣《や》り過ごした。

長坂が連れの女と一緒に『繁鮨』から出てきたのは、午前零時数分前だった。二人とも、ほろ酔いだ。土門はスカイラインから出て、長坂たちの前に立ち塞《ふさ》がった。

「何よ、あんたー」

厚化粧の女が眉根《まゆね》を寄せた。

「高田馬場のペットショップでチワワの仔犬を買ったのは、おたくみたいだな」

「なんで知ってんのよ、あんたがさ⁉」

「ちょっと連れに話があるんだ。悪いが、先に行ってくれないか」

「この男、知り合いなの？」

「警察の方だよ。おまえ、先にマンションに帰っててくれ」

長坂が連れの女に言った。

「あんた、何か危《ヤバ》いことをしたの⁉」

「別に何も悪さなんかしてないよ」

「ほんとに？」

「いいから、自分の部屋に帰ってろ。すぐに行く」

「わかったわ」

厚化粧の女が足早《あしばや》に歩きだした。土門は女が遠のいてから、口を開いた。

「愛人《レコ》だな？」

「ま、そんなとこだね。女房とは何年も前からうまくいってないんだ。で、一緒だった女と半同棲《どうせい》してるんだよ。おたくの口調がぞんざいになったけど、おれは被害者扱いされてるわけ？」

　長坂が酒臭い息を吐きながら、腰に両手を当てた。

「三崎町の勤め先から尾行してたんだ。あんたは水頭症になったチワワの件で、高田馬場のペットショップのオーナーの新宮亜希に難癖をつけて、百五十万を脅し取ったな？」

「人聞きの悪いことを言わないでほしいな。確かに店内で百五十万円を受け取ったが、あれは和解金だよ」

「和解金だったって⁉」

「そう。ペットショップの女店主はブリーダーから水頭症の遺伝子を持つチワワの幼犬を仕入れて、自分の店で売ったことを認めた。それで、和解金として百五十万を払ってくれたんだよ。示談書の類《たぐい》はないがね」

「新宮亜希の証言とは、だいぶ話が喰い違うな。あんたはブリーダーと彼女が結託してるようなことを言って、凄んだんだろ？」

「それは違うな。こっちはあくまでも冷静に知り合いの女の代理人として、店に誠意を見せてほしいと言っただけさ」

「新宮亜希の前で、同じことを言えるか？」

「もちろん、言えるさ」

「強《したた》かだな。あんたは百五十万を出させただけじゃなく、亜希を池袋のラブホテルに強引に誘い込んだ」

「それも事実じゃないな。ペットショップの女店主が自分のほうから、このおれをホテルに誘ったんだよ。難病の遺伝子を持つ仔犬を十二匹も客に売った事実が噂になったら、ペットショップは時間の問題で潰《つぶ》れるからな。で、彼女はセックスでおれの口を封じさせようとしたんだろう」

「いい加減にしろ！　おれは新宮亜希がホテルの四〇一号室から逃げ出した直後に、彼女から事情聴取してるんだっ」

思わず土門は声を高めた。

「美人は得だね。作り話も、すんなり信じてもらえるんだから」

「もう観念しろ」

「おれは何も疚《やま》しいことなんかしてない。おれを逮捕したら、おたくは恥をかくぞ。手錠打ちたけりゃ、さっさと打ってみろ」

長坂が開き直った。

土門は蕩《とろ》けるような笑みをたたえ、左腕で長坂の頭をホールドした。そのままの状態で、今度は右手で長坂の頬を両側から強く挟みつけた。

ほとんど同時に、顎《あご》の関節の外れる音がした。長坂が目を剝《む》き、涎《よだれ》を垂らしはじめた。

土門は身を屈《かが》め、長坂を肩に担《かつ》ぎ上げた。スカイラインに引き返し、トランクリッドを開ける。長坂をトランクルームの中にくの字に寝かせ、運転席に入った。

土門はスカイラインを発進させ、しばらく走った。
七、八百メートル先に、工事中の建設現場があった。中規模のマンションだった。本体工事は終わり、外壁や床には生コンクリートが打たれている。
土門はマンション建設現場の前にスカイラインを停めた。トランクルームから唸り声を発している長坂を引っ張り出し、ふたたび肩に担ぎ上げた。

フェンスの針金を外して、工事現場に忍び込む。表玄関の部分は、建材で塞《ふさ》がれていた。

土門は脇の空いている部分から、一階のエントランスロビーに入った。奥まで歩き、長坂を肩から振り落とす。

長坂が喉の奥で呻いた。

「暗いから、蹴《け》りがどこに入るかわからないな。蹴り殺されたくなかったら、両腕で顔面を庇《かば》って、できるだけ体を丸めてろ」

土門は穏やかに言って、暗がりの中で足を交互に飛ばしはじめた。蹴りが空に流れることはなかった。

キックは確実に長坂の体を直撃した。長坂は喉の奥で苦しげに呻きながら、何度も転げ回った。土門は頃合《ころあい》を計って、ライターの火を点けた。あたりが仄《ほの》かに明るくなった。

長坂が恐怖で盛り上がった目で土門を見上げながら、コンクリート打ちっ放しの床を二度平手で叩いた。

「もう限界か？」

土門は確かめた。

長坂が目顔《めがお》でうなずく。土門はライターを左手に持ち替え、ゆっくりと屈《かが》んだ。長坂の外れた顎を元の位置に戻す。

口の周《まわ》りは、涎《よだれ》で光っていた。長坂が肺に溜《た》まっていた空気を吐き出す。

「あんたは、新宮亜希が妻子持ちの男と愛人関係にあるのを調べ上げて、そのことも脅しの材料にしたな？」

「…………」

「世話を焼かせやがる」

土門はライターの炎を最大にして、長坂の右耳を炙《あぶ》った。長坂が焼かれた耳を手で押さえ、体を左右に振った。

「次は鼻を焼いてやろう」

「やめろ！　もうやめてくれーっ」

「どうなんだ？」

「おたくの言った通りだよ」

「女店主の話だと、不倫相手は公務員らしいな。まさかおれと同業じゃないんだろう？」

「厚生労働省薬務局経済課の古谷《ふるや》毅《たけし》課長だよ。年齢《とし》は四十三だったかな。古谷の私生活を調べてるうちに、愛人がいることがわかったんだ」

「薬務局経済課は、確か薬価を決めてるセクションだな」

「そう。新薬が認可されると、製薬会社と厚労省薬務局経済課が薬価交渉に入るわけさ。製薬会社は新薬の開発に長い年月と百億円前後の研究費を注《つ》ぎ込んでるから、少しでも高い薬価をつけたいと考えてる。それに対して、厚労省側は〝薬価基準制度〟を基本ベースにしようとする」

「大手薬品メーカーには、どこも旧厚生省のエリート官僚が天下《あまくだ》ってる。そういう連中が後輩の役人に働きかけたりしてるから、多くの場合はメーカー側に有利な薬価になってるんだろ？」

　土門は言いながら、ライターを右手に移した。ライター全体が熱くなってきたからだ。

「製薬会社は、日本に三百社以上もあるんだよ。医療費が嵩《かさ》んでるんで、厚労省は薬価を年々下げてる。その傾向がさらに強まれば、生き残れる製薬会社は大手と準大手の百社ほどだろうと言われてるんだ」

「生き残り策として、昔から担当役人の接待は行われてた。一流料亭や高級クラブでもてなし、飛びきりのベッドパートナーを抱かせて止《とど》めに札束を手渡す」

「そういう露骨な接待の仕方は、めっきり減ったよ。というのも、いまは薬価交渉がガラス張りに近くなってるからな。しかし、製薬会社にまったく打つ手がないわけでもない」

「最近は、担当者をどんな手で落としてるんだ?」

「製薬会社は研究会とか勉強会という名目で、ちょくちょく懇親会《こんしんかい》を開く。そこで、厚労省の役人に何か喋《しゃべ》らせて、一回三、四十万円の講演料を払ってる。古谷課長なんか、いまのポストに就《つ》いてから、ほとんど毎週どこかで講演してきた。スピーチの内容は世間話程度なんだが、もちろん主催者側からクレームなんかつかない」

「あんたの話が事実なら、古谷課長は毎月百数十万円の講演料を稼いでるわけだ?」

「そういうことになるね。だから、古谷は愛人の新宮亜希を囲えるんだよ。高田馬場のペットショップの開業資金の一千七百万だって、どうせ大手製薬会社に出させたんだろう。まだ証拠を押さえたわけじゃないが、おれはそう睨んでる」

長坂が言って、上体を起こした。

「亜希のパトロンがおいしい副収入を得てることを教えてくれたのは、中森なんだな?」

「それは違うよ。おれは古谷が愛人を囲ってることを会社に届いた怪文書で知ったんだ」

「怪文書の送り主はわかったのか?」

「それはわからなかったんだが、おそらく厚労省の下っ端役人が密告者だろうな。自分が甘い汁を吸えないんで、そいつは古谷をやっかんでるんだと思うよ」

「かもしれないな。で、あんたは古谷の身辺を探って、製薬会社から多額の講演料を貰ってる事実を知ったわけだ。それから、愛人の存在もな」

「ああ、そうだよ。おれは古谷の自宅を訪れて、おいしいバイトと愛人のことをちらつかせた。古谷は狼狽《ろうばい》したが、口止め料を出すとは言わなかった」

「で、いったん引き下がったのか?」

「そうなんだ。そうしたら、翌日の晩、石神井《しゃくじい》にあるおれの自宅に何者かが放火しやがった。幸い発見が早かったんで、小火《ぼや》で済んだんだが。おれは古谷が犯罪のプロを使ったと直感したよ」

「おそらく、そうだったんだろう」

「頭にきたよ、おれは。で、古谷に汚職のことを『薬品ジャーナル』に書くぞと電話で脅迫したんだ。そしたら、不審な奴がおれを尾行しはじめたんだよ。下手したら、殺《や》られるなと思ったんで、しばらく古谷には近づかないようにしたんだ」

「そして、作戦を変えたんだ？」

「結果的には、そういうことになったんだが、別にターゲットを新宮亜希に変えるつもりはなかったんだよ。さっきまで一緒だった女が高田馬場のペットショップで買ったチワワが水頭症になったんで、おれは仔犬の仕入れ先を調べてみたんだ。そうしたら、ブリーダーは悪質な業者だった。女店主は知識不足で価値のない仔犬を摑《つか》まされたとわかってたんだが、ブリーダーとつるんで汚い商売をしているにちがいないと難癖をつけて……」

「現金百五十万を脅し取って、亜希を池袋のラブホテルに連れ込んだ。腹いせに彼女を姦《や》るだけじゃなく、何か企《たくら》んでたんだろ？」

「えっ⁉」

「また、ライターで炙ってほしくなったかっ」

「言う、言うよ。おれはデジカメでハメ撮《ど》りをして、その動画をパトロンの古谷に観《み》せようと考えてたんだ。淫《みだ》らな動画を使えば、奴もすんなり口止め料を出すだろうと思ったんだよ」

「もう一度訊くが、中森は古谷の脅迫にはまったく噛んでないんだな？」

土門は確かめた。

「ああ。中森君には、別の情報《ネタ》を教えてやったんだよ」

「その情報とは？」

「ある大学病院のドクターが横浜で女子中学生を買ってた。そのことを中森君に教えてやったんだ。少女売春組織を管理してるのは、港南花菱会という暴力団だよ。中森君は、そのドクターと港南花菱会から金を脅し取ったのかもしれない。だから、殺し屋か何かに刺殺されたんだろう」

「その医者の名は？」

「城南《じょうなん》医大病院精神科の小出《こいで》靖《やすし》ってドクターだよ。四十二、三だろうな。そいつは単なるロリコン野郎じゃなく、尻《しり》フェチでもある。小出のことをおれに教えてくれたのは知り合いの風俗ライターなんだが、変態ドクターは性的に昂《たか》まると、相手の女の子の尻を噛んだりするらしい。尻《けつ》の肉を噛み千切《ちぎ》られた娘もいるって話だったよ」

長坂が言った。

「古谷や亜希には、もう近づくな」

「ペットショップの女店主にはもう何も要求しないよ。しかし、古谷においしい思いをさせるのはなんとなく面白くない。だから、あいつから一、二千万の口止め料は貰いたいね。それぐらいだったら、かまわないだろう？　なんだったら、おたくに半分ぐらい回してやってもいいよ」

「言った通りにしないと、そっちを留置場《トリカゴ》に送るぞ。そいつを忘れるな」

土門はライターの火を消し、長坂を蹴り倒した。

4

廊下には、製薬会社の襟章《えりしょう》を付けた男たちが群れていた。

日比谷《ひびや》公園に面した中央合同庁舎第五号館の八階である。厚生労働省は、二十六階建てのビルの一階から二十二階までを占めていた。

土門は男たちの間を抜け、歩《ほ》を進めた。

ほどなく土門は薬務局に入った。近くにいる若い男性職員に身分を明かし、経済課課長の古谷毅に面会を求めた。相手は少し緊張した顔つきになり、急ぎ足で経済課フロアに向かった。

土門は、あたりを見回した。

どの男も地味な背広を着て、似たような髪型をしている。女性職員たちも華《はな》やかさを感じさせない。本省の役員たちは職場で浮いてしまうことを何よりも恐れているのだろう。個性を殺すことに馴《な》れ切ってしまったにちがいない。

二分ほど待つと、灰色のスーツ姿の四十二、三歳の男が近づいてきた。顔立ちは整っているが、どことなく冷たそうな印象を与える。

「お待たせしました。古谷です」

「突然、お邪魔して申し訳ありません。本庁組対四課の土門です」

「警察の方がどうして、ここにいらしたんでしょう？」

「『薬品ジャーナル』の記者をやってる長坂紀彦をご存じですね？」

「ええ、まあ」

「プライベートなことに触《ふ》れるんで、どこか別の場所で事情聴取させてください」

「午後三時を回ってますから、食堂は空いてるでしょう。そこで、お話をうかがいます」

「それで結構です」

土門はうなずいた。

古谷が先に薬務局を出た。土門は古谷に従った。

二人は無言で廊下を歩いた。製薬会社の社員たちが古谷に気づき、深々と頭を下げた。

「彼らは薬品メーカーの社員でしょ？」

土門は低く問いかけた。

「そうです」

「連中は新薬の許可を早く貰いたくて、ああして小まめに厚労省に顔を出してるんですね？」

「ええ、まあ。しかし、スタッフは製薬会社の社員たちとはコーヒー一杯もつき合わないようにしてます。そんなことをしただけで、マスコミにあらぬ疑いを持たれかねませんでしょ？」

「でしょうね」

会話が途切れた。

二人はエレベーターホールまで黙々と歩き、二十六階の食堂に入った。人影は疎《まば》らだった。

二人は窓際のテーブル席についた。

「コーヒーでもいかがです？」

「どうかお構いなく。早速ですが、本題に入らせてもらいます」

「は、はい」

「実は、長坂を恐喝容疑でマークしてるんですよ。古谷さん、あなたは交際中の女性の件で長坂から強請られそうになりましたね？」

土門は単刀直入に訊いた。

「交際中の女性の件？」

「そんなふうに警戒しないでほしいな。新宮亜希さんのことですよ。別に不倫は違法ってわけじゃない。警察だって、野暮なことは言いませんよ」

「そこまでお調べなら、正直に話しましょう。亜希とは真面目《まじめ》な気持ちで交際してるんですよ。妻が離婚話になかなか応じてくれないんですが、いつか彼女と再婚したいと考えています」

「そうですか。不倫のことで、長坂に口止め料を要求されましたね？」

「ええ、一千万円出せと言われました。しかし、わたしはすぐには威《おど》しには屈しませんでした。一度でも相手に弱みを見せたら、際限《さいげん》なく強請られると思ったからです」

「それは賢明なご判断だと思います」

「わたしは回答を引き延ばして、とりあえず即答を避けたんです」

「で、先制攻撃する気になったのか」

「それ、どういう意味なんです？」

「長坂はあなたを脅迫した翌日、石神井の自宅に放火されたと供述してます」

「わたしが長坂の家に火を点けたと思ってるんですか⁉」

古谷が素《す》っ頓狂《とんきょう》な声をあげた。

「長坂は、あなたが誰かに放火させたんではないかと言っていた。古谷さん、どうなんです？」

「そんなこと、絶対にさせてません。わたしは、長坂の自宅の住所も知らないんですよ」

「薬品ジャーナル社に問い合わせれば、長坂の自宅の住所はたやすくわかるでしょ？」

「刑事さんは、このわたしを疑ってるんですねっ」

「誰でも疑ってみる。それが刑事の習性なんですよ」

「わたしは誰にも放火なんてさせてません」

「そこまでおっしゃるなら、いまの言葉を信じましょう。それはそうと、亜希さんから何か聞いてます？」

「悪質なブリーダーに騙されて仕入れた仔犬を店の客に売ってしまって、正体不明の男に百五十万円を威し取られたことですね」

「亜希さんは、脅迫者の正体はわからないと言ったのか」

「ええ。もしかして、亜希から百五十万をせしめたのは長坂なんですか？」

「その通りです。長坂は自分の愛人が亜希さんのペットショップで買ったチワワが水頭症になったんで、代理人として和解金を貰ったんだと主張してますがね」

「そうですか。亜希は、なんで長坂の名を伏せたんだろうか。長坂の奴、彼女を辱《はずか》しめたのかもしれないな。そうだとしたら、絶対に赦《ゆる》せないいっ」

「そういうことはなかったはずです」

土門は池袋のラブホテルでの一件を手短に話した。

「亜希は、いかがわしいホテルに連れ込まれそうになったのか。それにしても、なぜホテルまで従《つ》いていったんだろう？　彼女は難病の遺伝子を持つ幼犬と知りながら、ブリーダーから十二匹を仕入れて荒稼ぎしようとしたんですかね」

「亜希さんは、あなたを失いたくなかったんでしょう。長坂に不倫関係を暴《あば》かれたら、あなたたちは別れることになるかもしれない。亜希さんはそれを恐れて、いやいや池袋のラブホテルに行ったんでしょう。しかし、やっぱり長坂に身を任せることはできなかった。亜希さんは、そう言ってましたよ」

「そうですか。いまの話を聞いて、彼女に惚《ほ》れ直しました」

「古谷さんが被害届を出してくれたら、長坂をすぐに東京地検に送致する手続きを取ります」

「刑事さん、それはやめてください。まだ長坂に金を脅し取られたわけじゃありませんし、亜希との関係が表沙汰になったら……」

「出世に響く？」

「ええ、まあ」

「しかし、あなたは奥さんと離婚して、いずれは亜希さんと再婚するつもりでいるわけでしょ?」

「そうなんですが、離婚前に不倫が発覚したら、いろんな意味でマイナスだと思うんですよ。独身の亜希だって、男にだらしがないというイメージを持たれかねません。彼女が長坂に渡したという百五十万円も一種の和解金だと考えれば、諦《あきら》めがつくと思うんです」

「要するに、二人のことはそっとしておいてほしいんだ?」

「ええ、そうです」

古谷が深くうなずいた。

「わかりました。長坂のような男を野放しにしておくのは腹立たしいが、奴を逮捕することはしません」

「よろしくお願いします」

「話は飛びますが、高田馬場のペットショップの開業資金の一千七百万円はあなたが用立てたとか?」

「亜希は、そんなことまで刑事さんに話したんですか⁉」

「彼女、あなたが自分のために無理してくれたことを感謝してる感じだったな」

「そうですか」

「知り合いの方から、無担保無利子で一千七百万をお借りになったとか?」

「ええ、そうなんですよ。亜希の店が軌道に乗るまでは、わたしが少しずつ返済する約束になってるんです」

「太っ腹なお知り合いがいるんだな」

「何か含むものがあるように聞こえましたが……」

「ペットショップの開業資金を肩代わりしたのは、製薬会社のどこかなんでしょ？」

「な、なぜ、そう思われるんです⁉」

「長坂の話によると、あなたは薬品メーカーの研究会で講演して、副業で月に百万以上は稼いでるそうですね」

「一、二度、製薬会社の勉強会に招かれて、少し喋ったことはあります。ですが、いずれも数万円の車代を貰っただけです。長坂の話はオーバーですよ。というよりも、悪意に満ちたデマですね」

「なんか焦ってる様子だな」

土門は、感じたことをストレートに口にした。

「いくら警察の方でも、根拠もないのに、そこまでおっしゃるのは問題ですよ」

「気に障《さわ》ったんだったら、謝ります。さっきも言ったように、われわれ刑事は他人を疑う癖がついてるんですよ」

「それにしても……」

「勘弁してください。それはそうと、薬務局経済課は製薬会社との薬価交渉に当たってるんですよね？」

「ええ」

「大手や準大手の薬品メーカーの営業部や薬事部には、厚労省薬務局経済課担当の社員が必ずいるらしいですね。彼らは新薬が許可されると、文書で数十回も新薬のＰＲをして、少しでも薬価を高くしてもらおうとアピールするんだとか？」

「そうした営業活動が彼らの仕事ですんでね」

「薬価って、製薬会社が開発研究に投じた費用から割り出した原価計算方式に基づいて、価格が設定されてるんでしょ？」

「基本的には、そうです。めざましい治療効果のあるオリジナル新薬は関係者の間では〝ピカ新〟と呼ばれ、薬価も高くなります。そうした新薬の類似品は〝ゾロ新〟と言われてるんです。薬品には、特許の保護期間が必ず付いてるんですよ。その保護期間が切れると、ライバル各社が一斉に似たような新薬を出すんです。それこそ、ゾロゾロといった具合なので、〝ゾロ新〟なんてネーミングが付けられたわけですよ。そういうジェネリックの薬価は、大幅な値上げは無理です」

「製薬会社にとって、画期的な新薬を開発したときが収益増大を得るチャンスなわけですね？」

「ええ、そうです。薬価が数十円違っても、売上高が大きく変わってきます。当然、経常利益も違ってくるわけです」

「となれば、製薬会社は古谷さんのいる薬務局経済課に熱心な売り込みをかけるわけだ。といって、昔からの接待では贈収賄《ぞうしゅうわい》になってしまう。そこで、メーカー側は厚労省の関係役人に研究会で講師になってもらう。長坂が言ってた話にはリアリティーと説得力があるな」

「刑事さんは、長坂の話を鵜呑《うの》みにされてるようですが、わたしは役人として別に大物じゃありませんよ。薬価交渉に当たってますが、わたし個人に決定権があるわけじゃないんです。上に薬務局局長もいるし、政務次官や事務次官、大臣秘書官なんかの参考意見にも耳を傾けなければなりません」

「でしょうね。しかし、現場の責任者である古谷さんの意向は無視できないはずです」

「それはそうですがね」

古谷は自尊心をくすぐられたらしく、まんざらでもなさそうだった。

「こっちも公務員だから、古谷さんの俸給もおおよそ見当がつきます。失礼だが、愛人を囲えるほどの高所得じゃないはずです」

「それだから、わたしが講演料の名目で製薬会社から月々、少しまとまった金を貰ってると疑ってるんですね？　心外です、心外ですよ。わたしは、亜希を愛人とは思ってないんです」

「恋人ってわけですか？」

「ま、そうですね。お互いに経済的に自立してますし、別にわたしは亜希に決まった手当を渡したりしてません。デート費用なんかは、男のわたしが負担してますがね」

「あなたの言った通りだったとしても、一千七百万円の開業資金を公務員が簡単に調達はできないんじゃないのかな」

「それについては、さきほどお答えした通りです」

「もちろん、忘れてはいませんよ。無担保無利子で一千七百万を回してくれたという知人の名と連絡先を教えてくれませんか。そうすれば、あなたの言ったことの裏付《ウラ》けが取れます」

「わたし、相手に迷惑をかけたくないですよ」

「捜査に協力しねえと、あんたの女房に新宮亜希のことを告げ口するぞ」

土門は急に口調を変え、目に凄みを溜《た》めた。

古谷は呆気《あっけ》にとられたのか、目をしばたたいた。何か言いかけたが、すぐに口を引き結んだ。

「あんた、本当は女房と別れる気なんかないんじゃねえのか。新宮亜希に調子のいいことを言って、ずっと愛人にしておくつもりなんだろうが！」

「そんなことはない。そう遠くない日に、妻とは離婚する」

「だったら、別に女房に亜希のことを知られてもいいだろうが。え？」

「それは困る。さっき言ったように、離婚前に女性関係のスキャンダルが表沙汰になると、何かと都合が悪くなるんでね」

「身勝手で、小心者だな。とにかく、誰から一千七百万を借りたか言わなきゃ、おれはあんたの女房に告げ口をする。そうなったら、あんたはたっぷり慰謝料を払わせられることになるだろうよ。若い女に入れ揚げて、かみさんに内緒で一千七百万も他人《ひと》から借りたわけだからな」

「………」

「あんたに経済的なゆとりがなくなりゃ、新宮亜希は別のパトロンを探しはじめるかもしれないな。ペットショップが繁昌《はんじょう》しなけりゃ、どうしたって、財力のある男に縋《すが》るほかないからな」

「そ、そんなことにはなるわけない」

「自信過剰だな。それに、甘いぜ。女は、男どもなんかよりもはるかに生命力がある。生きるためなら、平気で成金《なりきん》の愛人にもなれる勁《つよ》さを持ってるんだよ」

「亜希をほかの男なんかに渡したくない。彼女を二度目の妻にはしてやれないかもしれないが、大事な娘《こ》なんだ」

「彼女との仲を壊したくないんだったら、一千七百万円の出所を言うんだな。本当は、どこかの製薬会社にそっくりねだったたんだろうが！　新薬に高い価格をつけてやった見返りとしてな」

「そうじゃない、そうじゃないんだよ。知り合いのドクターに無担保無利子でペットショップの開業資金を借りたんだ」

「その医者の名は？」

「城南医大病院精神科の小出靖さんだよ」

「そうか」

土門は、その氏名を忘れていなかった。

長坂から聞いた話が事実だとすれば、その小出という精神科医はロリコン趣味があって、尻フェチでもあるはずだ。また、殺された中森友輝は小出のことを何か嗅《か》ぎ回っていたという。

「小出ドクターとは審査管理課の次長をやってたころに、ある医療関係の会合で知り合ったんだ。たまたま同《おな》い年だったんで、話が弾んだんだよ。それで、その後、つき合いがはじまったんだ」

「あんたは以前、審査管理課にいたのか」

「そう、一年半ほど前までね。審査管理課では、許認可申請中の新薬の治験データをチェックしてた」

「ということは、製薬会社や医療関係者とちょくちょく接触してたわけだ？」

「ちょくちょくではなかったが、仕事で何度か会ってたね」

「治験データが改ざんされてることに気づいたことは？」

「何回かあるね」

「そんなときは、製薬会社は慌《あわ》てるだろうな。おれが製薬会社の社員なら袖の下を使って、審査課の担当者に目をつぶってもらおうと考えるよ。たとえ五、六百万の現ナマを包んでも、新薬が許可されりゃ安いもんだからな。あんた、けっこういい思いをしたんじゃないのか？」

「無礼なことを言うな。わたしは汚職役人なんかじゃないっ」

「そんなふうにむきになると、かえって怪しいぞ。銭の嫌いな人間なんて、そうそういるもんじゃない。年収を上回るような大金をそっと手渡されたら、魔が差すんじゃないかな」

「そういう公務員もいるかもしれない。しかし、わたしはパブリック・サーバントである自分を常に戒《いまし》めてきたんだ。製薬会社からも病院関係者からも金品なんて受け取ったことはない。断じて、ありません」

「あんまり力《りき》むと、なんか不自然だな。それはそれとして、小出って精神科医はずいぶん太っ腹だね。一千七百万を踏み倒されるかもしれねえのに、気前よく回してくれたんだからさ」

「小出さんは、わたしを信じてくれてるんだろう。それに彼は独身だから、金銭的に余裕があるんだと思うな」

「借用証は、職場の机の奥かロッカーに保管してあるんだろ？　そいつを見せてもらいてえな」

「当然、わたしは借用証を書く気でいたよ。しかし、小出さんは借用証はいらないと言ったんです」

古谷の視線が卓上に落ちた。

この男は嘘をついている。おそらく小出という精神科医の弱みを押さえているのだろう。それで、愛人のペットショップの開業資金をせびったにちがいない。

土門は、そう直感した。

小出靖が女子中学生を買っていたことが事実なら、まさしく醜聞だ。尻フェチであることも恥部だろう。しかし、どちらもビッグスキャンダルとは言えない。性的に偏《かたよ》っている医師は、それほど珍しくもないだろう。

精神科医は、何か致命的な悪事に手を染めてしまったのではないか。殺された中森刑事は小出の秘密を嗅ぎ当てたため、殺し屋《プロ》に刺し殺されたのかもしれない。そう推測すると、辻褄《つじつま》が合ってくる。

「そろそろ会議の時間だな」

古谷が腕時計を見て、わざとらしく呟いた。

「もう解放してやるよ」

「妻には、亜希のことを黙っててもらえるね？」

「ああ。それは、あんたのためを思ってのことじゃないぞ。煮えきらない妻子持ちの男に心を奪われてる無器用な女に、もう少し甘い夢を見させてやりたいからさ。行け！」

土門は出入口に目を当てながら、顎《あご》をしゃくった。

古谷が椅子から立ち上がり、逃げるように歩み去った。これから城南医大病院に行ってみるか。

土門は勢いよく腰を上げた。

第五章　背徳の交差点

1

広いロビーは静まり返っている。

港区内にある城南医大病院だ。午後四時を過ぎていた。

土門は総合受付に足を向けた。

そこには、二人の女性事務員がいた。どちらも制服をまとっている。

「警視庁の者だが、精神料の小出先生にお目にかかりたいんだ」

土門は言って、警察手帳を短く見せた。三十代後半と思われる事務員が先に口を開いた。

「小出准教授《じゅんきょうじゅ》は回診中だと思います」

「ということは、入院病棟にいるんですね？」

「はい、そうです。ロビーの右手にある通路をまっすぐ行かれますと、新館のエレベーターホールがあります。精神科の病室は新館の五階にあるんですよ。そこにナースステーションがございますので、そちらで面会の申し入れをなさっていただけます?」

「わかりました。ありがとう」

土門は総合受付に背を向け、新館に急いだ。

エレベーターで五階に上がると、ガラス張りの看護師詰所があった。土門は若い看護師に刑事であることを明かし、小出ドクターに連絡をとってくれるよう頼んだ。

「回診中は連絡を取れないんですよ。小出先生の回診が終わるまで、あちらでお待ちください」

相手がナースステーションの斜め前にある待合室を手で示した。

「まだだいぶ待たされそうですか?」

「ええ、そうですね。入院中の患者さんが異常に興奮して、自傷行為に走るかもしれませんので」

「その患者は女なのかな?」

「いいえ、男性です。準大手の製薬会社のオーナー社長の息子さんなんですが、レーシングチームの経営がうまくいかなくなって、心のバランスを崩してしまったんですよ」

「製薬会社の経営者の伜《せがれ》か」

「それが何か？」

「いや、なんでもない。その製薬会社の名は？」

「そういうご質問にはお答えできません」

「せめて入院患者の名前ぐらい教えてくれないか。内偵中の事件に関わりのある人物かもしれないでね」

土門は、人のいない場所に移動してもっともらしく言った。丸顔の看護師は思案顔《しあんがお》になった。

「きみに迷惑はかけないよ。もちろん、この病院にも」

「わかりました。患者さんの氏名は、能塚啓介《のうづかけいすけ》さんです。二十九歳だったと思います」

「その彼は、親の会社の社員でもあるのかな」

「いいえ、父親の製薬会社には勤めていないはずです。大学生のころからF1のチームを結成して、啓介さん自身もレーシングマシンに乗ってたそうですよ。でも、海外のレースに出場したときにクラッシュして、上半身に大火傷《おおやけど》を負ったらしいんです」

「それで、本人はレースには出場しなくなったんだね？」

「ええ。でも、レーシングチームは解散しなかったそうです」

「自動車メーカーがスポンサーに付いてるんだろうな」

「いいえ、企業スポンサーは付いてないって話でしたよ」

「レーシングチームの運営には、大変な金がかかる。その能塚啓介って彼は、親から金をせびってるんだろうか」

「そうみたいですよ」

「典型的なドラ息子だな。製薬会社のオーナー社長も頭が痛いにちがいない」

「父と息子の関係はよくないようですね。能塚さんが入院されて半年以上も経《た》つのに、父親はまだ一度も自分の子供の見舞いに来てないんですよ」

「そう。母親は？」

「お母さんのほうは、ほぼ毎日、息子さんの病室にやってきてます」

「ドラ息子は、ひとりっ子なの？」

「商社マンと結婚した四つ違いの妹さんがいます。その方は月に一、二度、見舞いにやってきますね」

「ついでに、入院患者の父親の会社のことも教えてほしいな。絶対に、きみに迷惑はかけないって」

「困ったな」

「頼むよ」

「『ヤマト薬品』です」

若い看護師が同僚の耳を気にしながら、小声で言った。

『ヤマト薬品』は準大手の製薬会社で、本社は中央区《ちゅうおう》日本橋《にほんばし》にある。社員数は二千五、六百人だろう。

『ヤマト薬品』の主力商品は総合感冒薬と胃腸薬だったが、五年ほど前にアトピーの特効薬を開発した。新薬はヒット商品になったのだが、後《のち》に副作用がマスコミに叩かれた。それをきっかけに、業績は悪化する一方だった。

しかし、一年あまり前に抗うつ剤『デジミン』を開発し、経営の危機を乗り越えた。『ヤマト薬品』は『デジミン』を全国の公立病院や大学病院に大量納入しているはずだ。

そういえば、沙里奈の同性愛相手も『デジミン』を処方されているという話だった。

土門は、ふと思い出した。

「もうよろしいでしょうか？」

看護師が問いかけてきた。

「もう少しつき合ってくれないか。知り合いの娘《こ》が抗うつ剤の『デジミン』を服用してるんだが、劇的に効《き》くんだってね」

「ええ、そうなんですよ。精神科のドクターたちはもちろん、わたしたちナースもびっくりしてるんです」

「そう」

「重度のうつ病患者が『デジミン』を服《の》むようになってから、鼻歌混じりにスキップするようになったんです。何度もリストカットした女子大生の患者さんなんて、別人のように明るい表情を見せるようになりました」

「それは結構な話だが、薬効が切れると、うつの度合が強まるみたいだな」

「確かに、そういうデータは出てます。でも、『デジミン』に驚異的な効き目があることは間違いありません」

「依存性が高いみたいだが、何か麻薬めいたものが含まれてるのかな？」

「そんな危ない薬が混入されてたら、厚労省で許認可されませんよ」

「それもそうだろうね」

土門は話を合わせたが、なんとなく釈然としなかった。新薬の許認可申請時には当然、薬品の成分検査は行われる。しかし、認可後もいちいち新薬の成分検査をしているわけではないだろう。

仮に厚労省が抜き打ち検査を行っているとしても、全商品をチェックすることは不可能だ。となれば、依存性のある合成麻薬を抗うつ剤『デジミン』にこっそり混入することもできるのではないだろうか。

それが可能だったとしても、全商品に合成麻薬の類《たぐい》を混ぜることは危険だ。抜き打ち検査に引っかかる恐れがある。

正規の新薬を製造する一方で、秘密工場で合成麻薬入りの抗うつ剤をこしらえているのではないか。そちらを公立病院や大学病院に納入すれば、出荷量は増えつづけるはずだ。

ドクターたちが厚労省で認可された『デジミン』の成分検査を改めて個人的に行うとは考えにくい。ただ、合成麻薬の類を混入するとなれば、原価は高くなる。それで、果たして儲《もう》けが出るのか。

それが問題だろう。ただ、大量出荷によって、薄利でも確実に黒字になるとも考えられる。

「ナースのわたしがこんなことを言ってはまずいんでしょうが、完璧《かんぺき》な医薬品はないんです。どんな薬にも多少の副作用はあります。『デジミン』にも問題はあると思いますけど、画期的な抗うつ剤であることは間違いありませんよ」

「それはそうなんだろうな」

「あのう、小出先生は何か事件に関与してるんでしょうか？」

「そういうことじゃないんだよ。ごく個人的なことで、ちょっと確認したいことがあるんだ。それだけだよ」

「そうなんですか」

「小出ドクターって、どんな男性なのかな？」

「イケメンなんだけど、なんか取っつきにくい感じなんですよ。大きな声では言えませんけどね。わたしは、どちらかと言ったら、ああいうタイプの先生は苦手です」

「四十代になっても結婚してないのは、性格が気難しいからなんだろうか」

「特に気難しくはないですよ」

「そう。イケメンで高収入を得てるのに、女たちにモテないのが不思議だね」

「小出先生は、女性の好みが偏《かたよ》ってるんですよ。十代の少女にしか興味がないみたいなんです」

「いわゆるロリコンなんだ？」

「そう言っても、いいんじゃないかしらね。それから、お尻フェティシズムの傾向もあるみたい。いつだったか、引きこもりの中一の女の子が外来で見えたとき、先生はその娘《こ》を何度も後ろ向きに立たせて、ヒップを粘《ねば》っこい目で見てたんです。付き添いの母親に怪しまれたら、なんか焦《あせ》ってましたよ」

「恋人はいないんだろうか」

「そういう女性がいるって噂《うわさ》は、一度も聞いたことありませんね。小出先生が十四、五歳の女の子と横浜のホテル街をうろついてるとこをエックス線技師が見たって噂は耳に入ってますけど。先生が女子中学生と援助交際しているとしても、わたしは別に驚かないな。むしろ、納得って感じです」

「そう。ここに中森という三十代の男が訪ねてきたことは？」

「ないと思いますけど……」

「そう。小出ドクターの回診が終わったら、こっちのことをちゃんと伝えてくれよな」

「はい」

若い看護師が笑顔で答えた。土門は待合室に足を向けた。ソファセットが二組置かれているが、誰もいなかった。

土門はナースステーションの見える位置に腰かけた。煙草《たばこ》を喫《す》いたくなったが、あいにく禁煙コーナーだった。

土門はマガジンラックからグラフ誌を引き抜き、頁《ページ》を繰《く》りはじめた。

半分ほど目を通したとき、ナースステーションの方から靴音が響いてきた。土門はグラフ誌から顔を上げた。
四十二、三歳の白衣姿の男が近づいてくる。彫りの深いマスクで、目鼻が整っている。小出靖だろう。
土門はグラフ誌をマガジンラックに戻し、ソファから腰を浮かせた。

「小出です。警察の方だとか？」

「ええ、警視庁の者です。土門といいます」

「一応、警察手帳を見せていただけますでしょうか？」

立ち止まるなり、小出が言った。土門は求めに応じた。

「どうぞお掛けになってください」

「はい」

二人は相前後して腰かけた。

「ご用件をうかがいましょうか」

「小出先生は、厚労省薬務局経済課の古谷課長とお親しいようですね？」

「ええ、まあ。生まれた年が一緒なんで、古谷さんとは共通の話題も多いんですよ」

「古谷氏も似たようなことをおっしゃってたな」

「そうですか。彼が何か犯罪にでも巻き込まれたのかな？」

小出が心配顔で訊《き》いた。

「いいえ、そうじゃないんです。古谷氏は、あなたから一千七百万円を無担保無利子で借りたと言ってますが、それは事実なんですか？」

「ええ、事実です」

「借用証は書かせなかったとか？」

「はい」

「貸した金が五十万、百万じゃないのに、借用証も貰《もら》わなかったんですか。常識では考えにくい話じゃないのかな」

「そうでしょうね」

「一千七百万も貸すわけですから、普通は借用証を書かせるでしょ？　金貸しじゃないから、金利なしというのはわかりますが……」

「わたしは、古谷さんのことを信用できる方だと思ってますから。それに、こちらはシングルなんで、家族を養う必要もないわけですので」

「一千七百万なんて、大金とは思ってもないわけだ？」

「そうは言ってませんよ。一千七百万円は大金です。しかし、古谷さんが好きな女性のために一肌脱ぎたいと思ってたんで、こちらも俠気《おとこぎ》を発揮したくなったんですよ」

「ペットショップを経営してる新宮亜希さんとは会ったことがあるのかな？」

「いいえ、お目にかかったことはありません。古谷さんから彼女の話をよく聞かされてたんで、力になれればとも思ったんですよ」

「それだけの理由で、一千七百万をお貸しになったとは豪気だな。やっぱり、すんなりとは納得できないですね」

「刑事さん、何がおっしゃりたいんです？」

　小出の表情が硬くなった。

「一千七百万円を融通せざるを得ない事情があったと考えるのは、下種《げす》の勘繰りだろうか」

「わたしが古谷さんに何か弱みを握《にぎ》られていたとでも言うんですかっ」

「そういうことは？」

「もちろん、ありませんよ。古谷さんとは友達づき合いをしてるんです。力関係は五分と五分ですよ」

「あなたは、若い女の子がお好きなようですね？」

「どんな男も年増よりも、瑞々《みずみず》しさを保《たも》った若い娘《こ》に魅《み》せられるでしょ？　刑事さんだって、多分……」

「ええ、若い女は嫌いじゃありません。ですが、中学生の女の子に性的な欲望なんか感じたりしないいな」

「な、なぜ、そんなふうに話を飛躍させるんです？」

「あなたにロリコン趣味があるという証言を得てる。それから、女の尻《ヒップ》に特別な関心を寄せてるということもね。つまり、尻フェチってことになるんだろうな」

「わたしはノーマルですよ、性的にはね」

「そうかな。実は、あなたが港南花菱会の管理してる少女売春組織に属してる中学生を買った事実も知ってるんですよ」

土門は際《きわ》どい賭《か》けを打った。小出の顔に一瞬、狼狽《ろうばい》の色がさした。だが、それはすぐに消えた。

「わたしは大学病院のドクターです。少女買春なんかで人生を棒に振るほど愚《おろ》かじゃありません」

「しかし、異常嗜好《しこう》は理性でコントロールできるもんじゃないでしょ？」

「わたしを変態扱いしないでくれっ」

「小出さん、正直に話してくれませんか。あなたは少女買春のことで、厚労省の古谷課長に強請《ゆす》られたんじゃないですか？　だから、やむなく一千七百万円を吐き出さざるを得なかった」

「そこまで言うんだったら、ちゃんと証拠を示してくださいよ。わたしが女子中学生と淫《みだ》らなことをしてる映像でもあるんですかっ」

「残念ながら、その種の証拠はありません」

「それだったら、わたしの名誉を穢《けが》すようなことを言うな！」

「恐喝材料は少女買春の件じゃなくて、製薬会社との癒着《ゆちゃく》だったのかな？」

土門は言葉に節をつけて言った。

「どういうことなんだっ」

「教授や准教授になれば、ある程度、薬を選ぶことができるんでしょ？　つまり、薬効の同じ商品が数種類あったとしたら、自分に気を遣《つか》ってくれるメーカーの薬を選ぶことも可能なわけですよね？　薬品だけじゃなく、高い医療機器なんかも同じだろうな」

「わたしがリベートの類《たぐい》を貰って、特定の製薬会社に便宜《べんぎ》を図ってると疑ってるのかっ。そんなことはできない。わたしは、まだ准教授なんだ。最終的に薬品や医療機器の選択をしてるのは主任教授だからね」

「そうだとしても、ベテラン准教授なら、主任教授に特定の薬品を推《お》すこともできるんじゃないのかな」

「そういうことも、たやすくできるもんじゃない」

「そうなんですか。それはそうと、精神科の入院病棟に『ヤマト薬品』のオーナー社長の息子が入ってるそうですね。能塚啓介って名だったかな」

「だ、誰が入院患者の個人情報をあんたに話したんだ⁉」

「それについては、答えられません。能塚啓介は赤字つづきのレーシングチームのことで思い悩んでて、心のバランスを崩したという話だが、病名は？」

「わかりやすく言うと、重度の心身症だよ。啓介君の父君の能塚耕平《こうへい》氏とは昔から親しくさせてもらってるんで、息子さんの担当医をやらせてもらってるんだ」

「それだけの理由から？」

「奥歯に物が挟まったような言い方をするね。言いたいことがあるんだったら、ストレートに言いなさいよ」

「いいでしょう。この病院は、新しい抗うつ剤の『デジミン』を大量に納入させてるようですね？」

「それだけ薬効があるからさ」

「『デジミン』を開発したのは、『ヤマト薬品』だ。オーナー社長は、入院中の能塚啓介の父親ですよね？」

「それがどうだと言うんだ？」

「この病院の精神科のドクター全員が『ヤマト薬品』に鼻薬を嗅《か》がされてたとしたら、『デジミン』の大量注文をせざるを得なくなるでしょうね。それから、社長の息子の治療も引き受けざるを得なくなるんだろう」

「臆測《おくそく》で物を言うな。不愉快だ。もうこれ以上はつき合えない。失礼する！」

小出が息巻き、ソファから立ち上がった。

すぐに土門は呼びとめた。だが、小出は振り向きもしなかった。こうなったら、小出の尻尾《しっぽ》を摑《つか》むほかなさそうだ。

土門は両手で太腿《ふともも》を叩いてから、おもむろに腰を上げた。

2

内錠が外れた。

もう一度あたりを見回す。人の目はどこにもない。

土門は素早く七〇八号室に入った。天現寺《てんげんじ》にある小出の自宅マンションである。土門は城南医大病院の事務局長に万札を三枚握らせ、精神科の小出准教授の自宅の住所を喋《しゃべ》らせたのだ。

室内は薄暗かった。黄昏《たそがれ》が迫っていた。

土門は靴を脱いで、玄関ホールに上がった。短い廊下の先にはＬＤＫがあった。居間を挟んで右側に寝室、左側に和室がある。間取りは２ＬＤＫだった。

土門は両手に白い布手袋を嵌《は》めてから、リビングの照明を灯《とも》した。ベランダ側にパソコンデスクが置かれている。

土門はパソコンに向かい、ＵＳＢメモリーをすべて検《しら》べてみた。精神医療関係のデータばかりだった。

土門はパソコンデスクの横にある書棚からアルバムを引き抜いた。研修医時代からの小出の写真が年代順に並べられている。ドクター仲間や患者と一緒に写っているスナップ写真もあった。

アルバムの最後の見開き頁に、『ヤマト薬品』創業五十周年記念祝賀会に出席したときのカラー写真が十二葉貼《は》られている。それぞれの写真の下には、短いキャプションが添えてあった。

いい。

『ヤマト薬品』の熊塚耕平社長とにこやかに談笑しているツーショットが四枚もあった。能塚社長は六十代の半《なか》ばで、額はすっかり禿《は》げ上がっている。中背だが、恰幅《かっぷく》はいい。

土門は目を右の頁に移した。

厚生労働省の古谷と小出とが水割りウィスキーのグラスを片手に持ちながら、何か話し込んでいる写真が目に留《と》まった。二人の背後には、『薬品ジャーナル』の長坂記者の姿が小さく写っている。もしかしたら、殺された中森刑事も祝賀会場のどこかにいるかもしれない。

土門は十二葉の写真を改めて仔細《しさい》に眺《なが》めた。

だが、どの印画紙にも中森の姿は写っていなかった。土門はアルバムを閉じ、書棚に戻した。八畳の和室に移動し、簞笥《たんす》の中をチェックしてみる。しかし、何も手がかりは得られなかった。土門は居間を横切り、ベッドルームに入った。

ほとんど同時に、声をあげそうになった。

寝室の壁一面に、女のヒップを大写しにした写真がびっしりと貼られている。カラーとモノクロームが半々だった。

被写体は白人、東洋人、黒人とさまざまだったが、共通して少女だった。肉づきから察して、せいぜい十三、四歳だろうか。果実のような初々《ういうい》しいヒップばかりだ。

いろんなアングルから撮《と》られているが、性器や肛門は写っていない。美しい写真だが、やはり異様な感じだ。

ベッドの横のナイトテーブルの上には、密封されたガラス容器が置かれている。ホルマリン漬けにされた肉片のような物体が底に沈んでいた。

土門はナイトテーブルに近づき、片膝をフローリングに落とした。ガラス容器のラベルには、〈リカの桃尻の一部〉と記されていた。

リカという名には、ぼんやりとした記憶がある。殺された中森が更生させようとしていた横浜の少女売春婦だったのではないか。

土門はベッドの下の引き出しを手前に大きく引き、手探りをした。と、指先に固い物が触れた。

それを掴み出す。デジタルビデオカメラだった。ＳＤカードはセットされたままだ。

土門は動画を再生した。

ベッドに俯《うつぶ》せになった十三、四歳の少女は一糸もまとっていない。白桃のようなヒップを舐《な》め回しているのは、精神科医の小出だった。トランクスだけしか身につけていない。

小出は少女の尻を舐め尽くすと、ベルトで相手の両手首を括《くく》りつけた。少女が不安そうに首だけを巡らせた。

小出は無言で獣《けもの》の姿勢をとると、いきなり少女の左の臀部《でんぶ》を深く咬《か》んだ。少女が顔をしかめ、全身でもがいた。

小出は少女を強く押さえ込み、尻の肉を嚙み千切《ちぎ》った。少女が体を丸めはじめた。

小出は血みどろの肉片をくわえながら、両腕で少女の腰を抱き寄せた。トランクスを押し下げ、後背位で体を繋いだ。

土門は少女に同情した。

小出は何かに憑《つ》かれたように腰を躍《おど》らせ、やがて少女を突き飛ばした。迸《ほとばし》った精液は、少女の背と肩を汚した。少女は転げてベッドの下に落ちた。

小出は残忍そうな笑みを浮かべ、体を大きく傾けた。数秒後、動画が消えた。

このロリコン医師は屑《くず》だ。赦《ゆる》せない。

土門は停止スイッチを押し、デジタルビデオカメラを上着のポケットに収めた。寝室を出て、玄関ホールに向かう。

土門はドア・ノブを布手袋で拭《ぬぐ》ってから、小出の部屋から遠ざかった。厚労省の古谷は、小出の歪《ゆが》んだ性嗜好を知り、愛人のペットショップ開業資金一千七百万円を脅《おど》し取ったのか。

そうだったとしたら、古谷は小出を何日も尾行して少女買春の事実を押さえたのだろう。しかし、それだけでは恐喝材料としては弱い。デジタルビデオカメラで撮影した動画映像を突きつけなければ、小出は大金を出そうとはしないだろう。

少し前に観た動画は、小出自身が撮ったものであることは間違いないだろう。尻の肉を噛み千切られた少女と古谷の接点はなさそうだ。どうやら古谷は別の恐喝材料で、小出から一千七百万円をせしめたらしい。

デジタルカメラの動画に映っていた少女がリカなら、中森が小出を強請《ゆす》った可能性もある。

土門はエレベーターで一階に降り、マンションの近くでタクシーの空車を拾った。城南医科大学病院に引き返したが、すでに小出は職場にいなかった。独身の中年男がどこにも寄り道をしないで、まっすぐ帰宅するとは思えない。

土門は病院の玄関ロビーを出ると、職員用駐車場に向かった。

出入口のそばに、薄茶のサーブが駐《と》められている。スウェーデン製のセダンは、まだ新しかった。

土門は例によって、万能鍵《かぎ》でサーブのドアロックを解《と》いた。万能鍵はイグニッションキーとしても使える。

土門はサーブを発進させ、横浜に急いだ。

目的の港南花菱会に着いたのは午後七時過ぎだった。土門はサーブを路上に駐《と》め、事務所の中に勝手に入った。

会長の大坪は奥の会長室にいた。

「鉄板で焦げた面《つら》は、もうひりひりしないだろ？」

「き、きさま、何しに来たんだっ」

「こないだは、ちょっとやり過ぎだったよな。緋牡丹《ひぼたん》の姐《ねえ》さんは？」

「きょうは女友達とワインバーで飲むとか言ってた。それより、何の用なんでえ？場合によっちゃ、刑事だって、殺《や》っちまうぞ」

「そう喧嘩《けんか》腰になるなって」

土門は大坪の机に歩み寄り、上着のポケットからデジタルビデオカメラを取り出した。

「何だってんだい？」

「観《み》てもらいたい動画があるんだ」

「動画？」

大坪が首を傾《かし》げた。

土門は、小出の蛮行《ばんこう》が映っている動画を手早く次々にディスプレイに再生させた。

「ベッドにいる女の子は、港南花菱会が管理している売春組織に属してるリカって中学生じゃねえのか？」

「ああ、そうだよ。リカは野良犬に尻《けつ》の肉を嚙み切られたって言って、足を洗ったんだが、こういうことだったのか」

「映ってる野郎のことは知ってるか？」

「城南医大病院の小出って精神科医だろう？」

「そうだ。あんたは、小出にも名画の複製画を高額で売りつけたようだな」

「小出は小六から中二の女の子を出会い系サイトを通じて十三人も買ったから、ユトリロの複製画を八百万で売りつけてやった。医者は金回りがいいみてえで、すぐに銭を出したよ。けど、リカにひどいことをやってたんだから、今度は詫《わ》び料を貰わねえとな」

「もう小出には接近するな。おれが興味を持ってる事件《ヤマ》に小出が関与してそうなんだ。あんたに脅されて、奴に自殺でもされたら、元も子もねえからな」

「小出は何か別に危《ヤバ》いことをしてるんだな。どんな犯罪《ヤマ》を踏んだんだ？」

「そいつは言えない。それより、リカって娘《こ》の居場所を教えてくれ」

「リカなら、馬車道《ばしゃみち》の『スラッシュ』ってクラブに入り浸ってるって話だ。クラブといっても、ホステスのいる酒場じゃないぜ。ほら、若い連中が踊ってる店だよ」

「わかってる。そのクラブは、馬車道のどのへんにあるんだ？」

「馬車道を新港《しんこう》埠頭《ふとう》方向に進むと、左手に東宝会館《とうほうかいかん》がある。その角を左折するんだ。七、八十メートル先に『スラッシュ』があらあ」

「リカに会ったら、一度ここに顔を出せって伝えてくれねえか」

「そうか」

　大坪が言った。

　土門は生返事をして、デジタルビデオカメラを上着のポケットに突っ込んだ。会長室を出ると、数人の構成員が険《けわ》しい表情で立っていた。

「一度死んでみるかい？」

　土門は上着の前を拡《ひろ》げ、ショルダーホルスターに片手を伸ばした。男たちが一斉に床に身を伏せた。

　土門はにやつきながら、港南花菱会の事務所を出た。

　サーブに乗り込み、伊勢佐木町商店街を走り抜ける。根岸《ねぎし》線の高架下を潜《くぐ》ると、その先は馬車道だ。

　土門は大坪に教えられた通りにサーブを走らせた。『スラッシュ』は造作なく見つかった。雑居ビルの地階に店はある。

　土門はサーブを雑居ビルの脇《わき》に寄せた。

　車を降り、『スラッシュ』の黒いドアを引く。そのとたん、大音量のヒップポップ系のダンスミュージックが響いてきた。

　土門は店長を呼び、身分を明かした。

「うちの店は、十八未満の子は入れてませんよ」

鼻と唇にピアスを飾った二十五、六歳の店長が挑むような口調で言った。

「そんなことはどうでもいいんだ。店にリカはいるな？」

「え？」

「おまえ、音楽難聴になりかかってるらしいな。リカを呼んでくれ」

「リカをどうするんです？」

「いいから、黙って連れてこい！」

土門は声を張った。

店長が竦《すく》み上がって、すぐに奥に走った。土門は『スラッシュ』の外に出て、ラークに火を点《つ》けた。半分ほど喫《す》ったとき、黒いドアの向こうから髪を金色に染めた少女が姿を見せた。メイクが濃いせいか、とても中学生には見えない。

「警察の人って、おじさん？」

「ああ。リカだな？」

「うん、そう。なんで、わたしの名前を知ってんの？」

「四谷署にいた中森の知り合いなんだよ」

「へえ、そうなの。中森のおじさんには、あたし、世話になったのよね。恩返しもしないうちに、おじさんに死なれちゃったんで、とってもショックなんだ」

「だろうな」

「おたくは、中森のおじさんの事件のことを調べてる刑事さんなんでしょ?」

「そう」

土門は話を合わせた。

「だったら、あたし、喜んで協力しちゃう」

「そいつはありがたいな」

「でも、ここ、ちょっと寒いな」

リカが肩を竦《すく》めた。

土門はリカをサーブに導き、助手席に坐《すわ》らせた。自分も運転席に腰かけ、上着のポケットからデジタルビデオカメラを取り出した。

「まず、この動画を観《み》てほしいんだ」

「何が映ってるの?」

「きみだよ」

「えっ」

リカがディスプレイに目を向けた。

土門は映像を再生させた。すぐにリカが驚きの声を洩らした。土門は動画が途切れると、デジタルビデオカメラを上着のポケットに仕舞った。

「あの変態男、盗撮してたんだ。あたし、まったく気がつかなかったわ」

「デジカメは、小出って精神科医の自宅マションの寝室にあったんだ」

「刑事さん、早く小出って医者を捕まえてよ。あいつは、あたしのお尻の肉を噛み千切ったんだから、犯罪者でしょ?」

「ああ、れっきとしたな」

「あたしは十五針も縫って、醜い傷痕《きずあと》がいまもくっきりと残ってる。ああいう変態男は死刑にすればいいのよ」

「いずれ、小出は逮捕する。しかし、その前に奴の仮面をひん剝《む》いてやりたいんだよ」

「あいつは、ほかにも何か悪いことをやってるの?」

「ああ、おそらくな。そこで、きみにいろいろ訊きたいんだが、中森はきみが体を売ってることをやめさせようとして、ちょくちょく横浜に来てたんだろう?」

「うん、そう。あたしだってさ、中学生でもちゃんとしたバイトができたら、おっさんたちとホテルに行ったりしなかったよ。だけど、どうしても家族に少しまとまったお金を渡したかったわけ。だから、いいことじゃないと思ったけど、港南花菱会が紹介してくれた男たちの相手をしたの。おっさんたちにエッチなことをされるたびに、心が腐っていくような気がしたわ。それから、自分がとっても惨《みじ》めだった」

「小出とは、何回かホテルに行ったんだろ?」

「三、四回ね。最初はお尻《しり》を撫《な》でたり舐めたりするだけで、嚙んだりしなかったの。でも、二回目から本性《ほんしょう》を剝き出しにして、ヒップに歯を立てるようになったのよ。あたしが痛がると、あいつはとっても嬉《うれ》しそうだった。あたしを食べてしまいたいとか言って、何度も何度もきつく嚙んだ」

「セックスは、しつこくなかったのか？」

「うん、どっちかと言うとね。ただ、形だけって感じだったわ」

「そうか。きみは中森に売春組織のことを教えたな？」

「うん。中森のおじさんは中学生の女の子たちを喰いものにしてる港南花菱会のことを最低だと言って、必ず懲《こ》らしめてやると約束してくれたの」

「中森は、おれになりすまして、大坪会長から五千万円を脅し取ってたんだよ」

「マジで？　そんな話、信じられないよ。中森のおじさんはさ、人間は地道な生き方をしないと、幸せにはなれないって口癖みたいに言ってたんだから」

「中森は警察官を長くやってても、たいした出世はできないと考え、事業家になる気だったみたいなんだ。大坪会長からだけじゃなく、新宿の小柴組の組長からも一億二千万も脅し取ってたんだよ」

「えっ、そんなに⁉」

「ああ。中森は汚れた金で中古の低層マンションを女房の名義で買い取ったんだ。その賃貸マンションを皮切りに、その後も不動産を買い漁《あさ》って、さらに何かビジネスを興《おこ》す気でいたんだと思う」

「そうなの。そういえば、中森のおじさんは来年の春には刑事をやめるようなことを言ってた。それから、金持ちになったらあたしの一家に何か大きなプレゼントをしてくれるとも言ってたわ。あたしは、広い庭付きの一戸建てかなって勝手に想像してたんだけどね」

「そうか。きみは、小出に尻の肉を噛み千切られたことを中森に話したのか？」

「うん、話したよ。そしたら、中森のおじさんはすっごく怒って、なんらかの形で小出を取っちめてやると言ってくれた。おじさん、小出からもお金をせしめたのかもね」

「ひょっとしたらな。その後、中森は小出のことで何か洩らしてなかった？」

「いま思い出したんだけど、中森のおじさんは小出はいつかは医者ではいられなくなるだろうなんて言ってた」

「そのほか何か言ってなかったか？」

「具体的なことは教えてくれなかったんだけど、小出が厚生労働省の課長か誰かと一緒に特定の企業が得するようにこっそり動いているという意味のことを言ってたわ」

「そうか。中森は確信がありそうな口ぶりだった？」

「わからないけど、ある程度の裏付けはあるような感じだったわね。中森のおじさんは、小出に殺されたの？」

「小出が実行犯ってことは考えられないが、中森の死とは無縁じゃないだろうな」

「そうなの。それはそれとして、中森のおじさんが刑事さんになりすましたとか言ってたでしょ？」

「ああ」

「なんで中森のおじさんは、刑事さんを追い込むようなことをしたの？　昔、中森のおじさんをいじめたことでもあるわけ？」

「別に善人ぶる気はないが、中森に恨まれるようなことをした覚えはないんだ」

「そうなの。なのに、中森のおじさんはなぜ刑事さんに罪をなすりつけようとしたんだろうな」

「そいつが、いまも謎なんだ」

土門は言って、長嘆息《ちょうたんそく》した。

「人間ってさ、気づかないうちに他人を傷つけたりしてるよね。でも、それに思い当たって、反省することって少ないでしょ？」

「言われてみれば、確かにそうだな。しかし、逆に自分が誰かにプライドを踏みにじられたことは絶対に忘れない」

「そう、そう。あたしも傷つけられた場合は、決して相手のことを忘れないもん。たとえ何年経ってもね」

「きみの言った通りだな。おれも大勢の人間をさんざん傷つけてるくせに、自分が傷つけられると、つい逆上してしまう」

「もしかしたら、刑事さんは以前に中森のおじさんをコケにしたことがあるのかもね。刑事さん、もういいかな？　あたし、ずっとおしっこを我慢してたの」

「そいつは悪かったな。もういいよ」

「小出ってドクター、絶対に懲らしめてね」

リカがそう言い、あたふたとサーブから降りた。そのまま彼女は、『スラッシュ』に通じる階段を駆け降りていった。

無駄骨を折ることになるかもしれないが、科学警察研究所に行ってみることにした。

土門はサーブを走らせはじめた。

3

いつからか、貧乏揺すりをしていた。

土門は苦笑して、悪い癖を中断させた。子供のころから、待たされることは嫌いだった。ふと気がつくと、いつも貧乏揺すりをしていた。

腰かけていた。
千葉県柏《かしわ》市にある警察庁の科学警察研究所だ。土門は、化学班室の前のベンチに
リカと会った翌日の午後二時過ぎである。土門は正午前に渋谷のイタリアン・レス
トランで沙里奈と落ち合い、銅版画家の麻衣が常用している抗うつ剤『デジミン』を
一錠譲り受けた。レストランの前で沙里奈と別れ、盗んだサーブを駆って科学警察研
究所を訪ねたのだ。目的は『デジミン』の成分分析だった。
科警研の略称で知られている科学警察研究所は、一九九九年の春に千代田区の九段《くだん》
坂上《さかうえ》から現在地に全面移転した。敷地は約四万平方メートルと広い。ちなみに、警視
庁の科学捜査研究所とは別組織である。
科警研は一九四八年五月に設けられ、発足当初は法医学、理化学、写真、銃器、犯
罪学など六課しかなかった。その当時のスタッフは、技官と職員を合わせて五十二人
だった。現在のスタッフ数は、およそ三倍だ。
科警研は警察庁に属し、主に全国の警察署から持ち込まれる証拠品の科学的な分析
と鑑定を手がけている。二十以上の研究室があり、一九九二年からは独自な方法でD
NA鑑定も行われている。
百数十人の研究員は技官と呼ばれ、その多くが大学の非常勤講師を兼ねていた。科
警研には、約四十人の事務系警察官が勤務している。

土門は無性《むしょう》に煙草が喫《す》いたくなった。

だが、禁煙エリアだ。ラークをくわえたり匂《にお》いを嗅《か》いで、必死に我慢する。すでに一時間数十分は待っていた。

あと何分待てばいいのか。

土門は火を点けなかった煙草をパッケージの中に戻し、ベンチから立ち上がった。廊下を意味もなく三往復した。

そのすぐ後、化学班室から化学技官の日下司郎《くさかしろう》が姿を見せた。四十代の半《なか》ばで、どこか神経質そうな印象を与える。

「どうでした？」

土門はベンチから立ち上がって、日下技官に歩み寄った。

「あなたの勘は正しかったですよ。『デジミン』には、合成麻薬のＭＤＭＡが混入されてました」

「俗にエクスタシーと呼ばれてるドラッグだな」

「ええ、そうです。タイ産のヤーバーという服《の》む覚醒剤《かくせいざい》とともに、数年前から押収量が激増してる合成麻薬ですよ」

「ＭＤＭＡの含有量は？」

「〇・〇一グラムに満たない量ですが、依存性はあります。『デジミン』を十錠でも服用したら、まず手放せなくなるでしょうね」

「そうですか」

「インターネットで覚醒剤《スピード》、LSD、大麻、危険ドラッグなどの薬物を簡単に手に入れられる時代ですが、密売人も顧客も摘発を免《まぬが》れるという保証はありません」

「そうですね。しかし、厚労省で認可されてる抗うつ剤なら、処方する側も服用する側もまず摘発されることはない。『ヤマト薬品』は、その盲点を悪用して『デジミン』に合成麻薬を混入したんでしょう」

「そうなんだろうか」

日下技官が遠慮がちに呟《つぶや》いた。

「『ヤマト薬品』は合成麻薬なんかを混ぜたりしてないとおっしゃりたいわけですね？」

「捜査については専門外ですが、準大手の製薬会社がいくらなんでも、そんな愚かなことはしないと思いますよ」

「常識では、誰でもそう考えるでしょうね。しかし、『ヤマト薬品』は五年前にアトピー治療薬の副作用の件をマスコミで叩かれて、年商が多く下降線をたどるようになりました」

「ええ、そのことは知っています。それでも一応、名の通った薬品メーカーです。そこまでリスキーなことはやらないでしょう」

「そうだろうか。技官は、どう推測してるんです？」

「『ヤマト薬品』と同格の製薬会社がライバルを蹴落としたくて、画策したんではありませんか。たとえば、『ヤマト薬品』の商品管理の責任者を金で抱き込んで、真っ当な『デジミン』と合成麻薬入りの類似品をすり替えさせてたとか」

「どうして、そう推測したんです？」

「去年の話なんですが、インターネットで某大学病院から流失した『リタリン』という向精神薬が大量に密売されたんですよ。しかし、その『リタリン』は本物ではありませんでした。名を騙《かた》られた大学病院に採用されなかった民間病院のドクターが類似薬を小さな製薬会社に密造させて、ネットで売ってたんですよ。犯行目的は金儲けではなく、私恨を晴らしたかったんでしょう」

「確かに、そういうことも考えられなくはないな。しかし、『ヤマト薬品』は厚生労働省薬務局経済課課長や城南医大病院の某精神科医と密《みつ》な関係にあります。状況証拠から判断して、『ヤマト薬品』が売上アップを図る目的で開発した抗うつ剤『デジミン』に合成麻薬を混ぜたんでしょう」

「そうだとしたら、どこかに錠剤麻薬ＭＤＭＡの密造工場があるはずです。そして、同じ場所で合成麻薬入りの『デジミン』を造ってるんでしょうね。あるいは、正規の工場の製造工程にＭＤＭＡを紛《まぎ》れ込ませてるのかもしれません」

「なんとなく後者臭いな」

「後は、あなたの仕事です。一応、『デジミン』の成分分析表を持ってきました」

「助かります」

土門は、差し出されたデータペーパーを受け取った。

「あなたの推測通りだったら、『ヤマト薬品』も大学病院も救いようがありませんね。厚労省からの役人も絡んでるとしたら、世も末です」

「そうですね。お忙しいところを飛び込みで分析鑑定をお願いして、申し訳ありませんでした。ありがとうございました」

「いいえ、どういたしまして」

日下技官が一礼し、化学班室に戻っていった。

土門は科警研の建物を出ると、広い駐車場に急いだ。前日に無断借用した車の運転席に坐り、スマートフォンを耳に当てる。発信先は沙里奈だった。

「成分の分析結果はどうだったの？」

「やっぱり、『デジミン』には合成麻薬が混じってたよ」

土門は日下技官から渡された成分分析表の文字を読み上げた。

「MDMA《エクスタシー》のことはある程度、知ってるわ。覚醒剤なんかよりも安く入手できる合成麻薬よね？」

「そう」

「だから、麻衣は禁断症状に見舞われて、狂ったように『デジミン』を欲しがったわけね」

「だろうな。手許《てもと》にある『デジミン』はそっくり棄《す》てたほうがいい」

「ええ、そうするわ。麻衣は怒って暴《あば》れるかもしれないけど、わたし、彼女を説得する。それから、別の総合病院に麻衣を連れていくことにするわ」

「それはいいが、そこでも『デジミン』を処方されたら、麻衣ちゃんには服《の》ませるなよ。厚労省の古谷薬務局経済課課長は『ヤマト薬品』が催した研究会の講演を引き受けて、一回三、四十万円の講演料を貰ってるようだからな」

「薬価交渉で『ヤマト薬品』にプラスになるように動いたことに対する見返りね？」

「おそらく、それだけじゃないんだろう。古谷は医師会や医大関係者に『デジミン』をPRして、納入品目に加えるよう働きかけたにちがいないよ」

「ええ、考えられるわね。土門さんは、これから城南医大病院の小出ドクターを締め上げに行くんでしょ？」

「ああ、そのつもりだよ」

「それなら、わたしも城南医大病院に行くわよ。おかしな抗うつ剤で麻衣をはじめ多くの患者さんを苦しめたわけだから、このまま黙っているわけにはいかないわ」

「一連の不正の事実を新聞か週刊誌に書くつもりだな」

「土門さん、かまわないでしょ？」

「うむ」

「悪い奴らから口止め料をせしめて、目をつぶってやる気なの？　そうなのね」

「まだ先のことは何も考えてないんだ」

「嘘《うそ》だわ、それは。土門さんは犯人を検挙することには熱心じゃないから、どうせ多額の口止め料を脅し取る気なんでしょ？　わたし、土門さんを軽蔑《けいべつ》するわ。あなたもよく知ってる麻衣が苦しい目に遭《あ》わされたのよ。わたしにとって、麻衣は宝物みたいなものなの。そのことは、土門さんも知ってるでしょ？」

「知ってるよ。麻衣ちゃんがこの世にいる限り、おれはおまえさんを口説《くど》くチャンスがない。いっそ銅版画家が死んでくれりゃいいと思ったこともある」

「土門さん、本気でそう思ったの⁉　だったら、もう絶交するほかないわね」

「冗談だよ。おまえさんが大切にしてる人間のことをそんなふうに考えるわけないだろうが。ちょっと麻衣ちゃんを妬《ねた》ましく思ってるだけさ」

「それなら、警察官としての使命をちゃんと果たしてくれるわね？」

沙里奈が詰問口調で言った。

「そのつもりでいるが、約束はできないな。事件関係者の出方によっては、非合法な裁き方をしたくなるかもしれないだろ？」

「まだ、そんなことを言ってるのっ」

「先のことは出たとこ勝負だな。おまえさんはおまえさんのやり方で、陰謀をペンで暴けよ。おれは邪魔したりしない」

「もちろん、そうするつもりよ。とにかく、わたし、城南医大病院に行くわ。それで、精神科医の小出と対峙《たいじ》する」

「女ひとりじゃ、心許《こころもと》ないだろう。わかった。午後四時半に、城南医大病院の外来用駐車場で落ち合おう」

「いいわ」

「それじゃ、後でな！」

　土門は電話を切ると、すぐさまサーブを発進させた。科警研から国道十六号線に出て、常磐自動車道の柏ＩＣ《インターチェンジ》に向かう。

　数キロ走ったとき、後方からパトカーのサイレンが響いてきた。

　土門は減速しなかった。すると、パトカーが猛然と迫ってきた。

「サーブの運転者、車を左に寄せなさい」

「盗難届が出てるってか」

　土門は声に出して呟き、スピードを落とした。

ガードレールにサーブを寄せる。パトカーがサイレンをけたたましく鳴らしながら、サーブの前方に急停止した。

すぐに三十一、二歳の制服警官がパトカーから降り、サーブに駆け寄ってきた。土門はパワーウインドーを下げた。

「この車の盗難届が出てるんだろ？」

「よくご存じですね。もしかしたら……」

「そっちと同業だよ。警視庁の者だ」

「そうでしたか。一応、身分を確認させていただけます？」

相手が言った。土門はうなずき、警察手帳を呈示した。

「どうもお手数をおかけしました。それで、このサーブをどうして運転されているのでしょう？」

「ある麻薬の売人がこの車をかっぱらったんだよ。そいつがサーブを乗り捨てた場所を吐いたんで、こっちが引き取りに来たってわけさ」

「なぜ、わざわざ？」

「トランクの中に覚醒剤《シャブ》を残したまま、売人は逃《フ》げ《ケ》たんだよ」

「ああ、それでなんですね」

制服警官は、土門の作り話を疑う素振りも見せなかった。

「もう行ってもいいかな」

「はい、どうぞ」

「お互い頑張ろうや」

土門はサーブを十メートルほど後退させ、ふたたび国道を直進した。

やがて、柏ＩＣに着いた。常磐自動車道に乗り入れ、三郷《みさと》で東京外環自動車道に折れる。草加《そうか》から日光街道をたどって、上野に入った。

まだ昼食を摂《と》っていなかった。

土門は不忍池《しのばずのいけ》の畔《ほとり》にある鰻《うなぎ》料理の老舗《しにせ》に立ち寄り、腹ごしらえをした。鰻重、天ぷら、刺身のセットメニューを平らげたとき、悪徳弁護士の黒須から電話がかかってきた。

「その後、進展はないの？」

「折り返し、黒さんに連絡します」

土門はいったん通話を切り上げ、急いで支払いを済ませた。サーブに乗り込んでから黒須のスマートフォンを鳴らす。

「もしかしたら、土門ちゃん、ナニの最中だった？」

「遅い昼飯を喰ってたんですよ」

「そうだったのか。で、捜査のほうは？」

黒須が問いかけてきた。土門は、これまでの経過を話した。

「精神科医の小出が合成麻薬入りの『デジミン』を密造してるとは考えられない？」

「ドクターなら薬学の知識はあるでしょうが、抗うつ剤の密造までは無理だと思います」

「そうか、そうだろうな。小出は合成麻薬入りの抗うつ剤をせっせと患者に処方して、『ヤマト薬品』の売上に協力してるだけなんだろうか」

「それだけじゃない気もしてるんですが、どんなことで小出と『ヤマト薬品』の利害が一致してるのか、まだ見えてこないんですよ」

「創業記念祝賀会に招《よ》ばれるぐらいだから、小出は能塚社長とかなり親交が深いんだろう」

「だと思います」

「ところで、厚労省の古谷課長は小出のどんな弱みを握って、愛人の事業資金の一千七百万を出させたのかね。女子中学生を買ってたことをちらつかせたんだろうか。それとも、『デジミン』絡みの弱みなのかな？」

「そいつは小出を締め上げれば、すぐにわかるでしょう」

「土門ちゃん、古谷、小出、能塚の三人から口止め料をせしめる気なんだろ？　古谷や小出から多額は寄せられないだろうが、『ヤマト薬品』からは億単位の銭をいただけるんじゃないの？」

「黒さん、きのうから、おれは別人になったんです。何よりも職務を大事にする青臭い刑事になったんですよ」

「そうやって予防線を張るわけか。土門ちゃんも欲深になったもんだ」

「ハイエナの黒さんほどじゃありませんよ」

「言ってくれるね。妙な駆け引きはやめて、沙里奈には内緒で二人でいい思いをしよう。な、土門ちゃん？」

黒須が言った。土門は曖昧《あいまい》に応じ、通話を切り上げた。

スマートフォンを上着の内ポケットに入れ、サーブを走らせはじめた。

目的の大学病院に着いたのは、四時十分ごろだった。土門はサーブを外来用駐車場に入れた。車の数は少なかった。

紫煙をくゆらせていると、シャンパンカラーのプジョーがすぐ横に停まった。沙里奈の車だ。

土門はラークをくわえたまま、サーブから出た。すぐに沙里奈がフランス製の車から降りた。

「きょうも最高に綺麗《きれい》だよ」

「そういうお世辞は、ありがた迷惑だわ」

「男なんか興味ねえってか。いったい何が悲しくて、女になんか走ったんだ？」

「その質問には、うんざりだわ。同性愛も、恋愛の一つの形でしょうが」

「ま、それはな」

土門は喫《す》いさしの煙草を足許に落とし、荒っぽく火を踏み消した。

「早く小出を懲らしめてやりましょうよ」

沙里奈が促《うなが》した。土門は大きくうなずいた。

二人は肩を並べて城南医大病院の中に入り、新館の五階に上がった。ナースステーションがなんとなく慌《あわ》ただしい。

「小出准教授に会いたいんだが……」

土門は四十歳前後の女性看護師に声をかけた。

「いまは無理です」

「どうして？」

「受け持ちの患者さんが急に容態《ようだい》が悪くなって、一階の集中治療室《ＩＣＵ》に運び込まれたんですよ。担当医の小出先生も立ち会われてるんです」

「その患者の名前は？」

「失礼ですけど、どなたでしょう？」

看護師が怪しむ顔つきになった。土門は身分を明かし、警察手帳を見せた。

「ＩＣＵにいる方は、能塚啓介という方です」

「『ヤマト薬品』の社長の息子だね？」

「ええ、そうです」

「なぜ、患者の容態が急変したのかな？」

「患者さんが神経を異常に高ぶらせてたんで、小出先生が精神安定剤を若い看護師に点滴しろと指示されたんです。その看護師がほんの五、六分病室から離れた隙に、点滴袋の中身が筋弛緩剤《きんしかんざい》にすり替えられてたんですよ」

「なんだって⁉」

「小出先生は最初っから、担当看護師が精神安定剤の点滴袋と筋弛緩剤の袋を間違えたのではないかと言ってますが、そういうことはないと思います。袋のサイズも違いますし、溶液の色も異なってますんでね」

「ということは、誰かが故意に……」

「ええ、点滴剤をすり替えたんでしょうね。患者さんの部屋に誰もいないとき、小出先生が能塚啓介さんの病室の近くにいたことは複数の人間が目撃してるんです」

「そのことだけで、小出ドクターが点滴剤を故意にすり替えたと疑うのは、ちょっとまずいんじゃないのかしら？」

沙里奈が会話に割り込んだ。

「でも、担当看護師はこれまで一度もミスをしたことがありませんし、ほかにも小出先生を疑う材料があるんです」

「詳しく話してもらえます？」

「はい、わかりました。能塚啓介さんは子供みたいにわがままな方で、ドクターやナースの指示に素直に従ってくれなかったんです。それだけではなく、小出先生の名を呼び捨てにして、まるで下僕のように扱ってました。患者さんは『ヤマト薬品』の社長の御曹司《おんぞうし》なんで、先生はじっと耐えてたんです」

「そんな屈辱感を味わわされてたんで、小出先生は殺意を覚えたんですかね」

「きっとそうですよ」

「患者がほかに小出ドクターに辛《つら》く当たったことは？」

土門は看護師に顔を向けた。

「たまたま病室の前を通りかかったときに耳に届いたんですけど、能塚さんが小出先生に向かって、『おれは親の会社が潰《つぶ》れるまでレーシングチームを解散しない。おまえから、おれの親父にそう言っとけ』と怒鳴ってたんです」

「そう。能塚啓介は自分の父親と小出ドクターの弱みを握ってるような感じだな」

「わたしも、そう思いました」

「この病院は、『ヤマト薬品』が開発した抗うつ剤『デジミン』をかなり使ってるんでしょ？」

「ええ。精神科の処方薬の中では、『デジミン』の量が突出して多いですね。実際、薬効はあるようですけど」

看護師が言って、手許の書類に目を落とした。

土門は看護師に礼を述べ、沙里奈の腕を取った。二人はエレベーターホールに向かった。

「小出が点滴剤をわざとすり替えたのかしら？」

沙里奈が歩きながら、小声で言った。

「多分、そうなんだろう。能塚啓介は父親と小出の悪事の証拠を握ってるのかもしれないな。レーシングチームを維持していくには、何十億円という金が必要だ。しかし、能塚啓介にはスポンサーを見つけるだけの才覚も人徳もない。だから、親の金だけが頼りなんだろう。しかし、『ヤマト薬品』は例のアトピー治療薬の副作用の問題で赤字経営つづきだった。父親としては、息子の道楽に金がかかりすぎると頭を痛めてたんだろう。だから、能塚社長は旧知の小出に息子を〝心身症〟と診断させ、半ば強引に入院させた」

「息子の啓介は入院中に自分のレーシングチームを解散されることを警戒して、父親と小出を何かで脅迫してた。それだから、能塚社長は筋弛緩剤を使って、小出に倅を殺させようとした？」

「そうなのかもしれないぞ」

「いくらなんでも、親が自分の子供を殺させるなんて……」

「とにかく、集中治療室《ICU》に行ってみよう」

二人はエレベーターで一階に降りた。

集中治療室のランプは消えていた。土門たち二人はＩＣＵに飛び込んだ。医師たちの姿はなかった。三人のナースが後片づけをしていた。

「能塚啓介は、どうなったんです？」

土門は警察手帳を呈示し、三人の看護師を等分に見た。すると、五十年配の看護師が口を開いた。

「ついさきほどご遺体を地下の霊安室に移しました」

「点滴の筋弛緩剤のせいで、能塚は死んだんですね？」

「ええ。精神科の点滴ミスだと思いますが、警察にはどんな形で報告されるのかは、わたしたちナースにはわかりません」

「小出はどこにいるんです？」

「わかりません。患者さんの死亡を確認すると、小出先生は集中治療室から真っ先に飛び出したきり戻ってこないんです」

「どんな様子でした？」

「ショックを受けてるようには見えませんでしたよ。それどころか、何か安堵《あんど》されてるような様子でした。亡くなられた患者さんは、なぜか小出先生を軽く見てるようでしたからね」

「そうですか。小出の直属の上司の主任教授にお目にかかりたいんだ。取り次《つ》いでもらえますね」

土門は言った。

ベテランらしい看護師が電話機のある場所に向かった。土門は沙里奈に目配せして、集中治療室の出入口まで引き返した。

4

エレベーターが上昇しはじめた。

霞《かすみ》が関《せき》の中央合同庁舎第五号館である。土門は函《ケージ》の中で、欠伸《あくび》を嚙み殺した。寝不足だった。

前夜、土門は能塚啓介の遺体を確認した後、小出の上司に会った。その上司の話によると、小出はいつになく熱心に『デジミン』の採用を強く推《お》したという。主任教授は小出に押し切られる形で、『ヤマト薬品』の新しい抗うつ剤を大量納入することを決めたらしい。

土門は城南医大病院の外来用駐車場で沙里奈と別れると、サーブを小出の自宅マンションに走らせた。

小出は、まだ帰宅していなかった。土門はサーブをマンションの近くに駐《と》め、夜が明けるまで張り込んだ。しかし、とうとう小出は自分の塒《ねぐら》に戻ってこなかった。

土門は宿泊先のシティホテルに引き揚げ、正午過ぎまで眠りを貪《むさぼ》った。一階のグリルで食事をしてから、厚労省にやってきたのだ。あと数分で、午後二時半になる。

エレベーターが停止した。

八階だ。土門は函《ケージ》から出て、薬務局に向かった。

古谷経済課課長は、自席で書類に目を通していた。土門は古谷を人気《ひとけ》のない廊下の隅まで歩かせた。

「刑事さん、早く用件をおっしゃっていただけませんか。三時から大事な会議があるんですよ」

「そう急《せ》かすなって。昨夜《ゆうべ》、『ヤマト薬品』の社長の息子が城南医大病院で急死したことは知ってるな?」

「ええ、テレビのニュースで知りました。看護師の点滴ミスみたいですね」

「いや、そうじゃないな。担当医の小出靖が看護師のミスのように見せかけて、点滴袋をすり替えたにちがいない。小出はこっそり能塚啓介の病室に入って、精神安定剤液を筋弛緩剤に替えたんだよ。つまり、小出はわざと能塚啓介を薬殺したわけだ」

「ま、まさか⁉」

「とぼけ方がうまいな。名演技だ」

「な、何をおっしゃってるんです⁉」

「小出は、どこに隠れてる？」

「彼の行方、わからないんですか？」

「あんたは小出の弱みを知ってるはずだ」

「弱みですって⁉」

　古谷が声を裏返らせた。土門は上着のポケットから『デジミン』の成分分析表を取り出し、黙って古谷に手渡した。

　古谷が分析表に目を落とす。

「『ヤマト薬品』が開発した抗うつ剤には、合成麻薬のエクスタシーが混入されてた。もちろん、誤って混じってしまったわけじゃない」

「科警研の分析結果なんですね、これは？」

「そうだ。厚労省は許認可申請時に『デジミン』の成分をチェックしただけだから、責任はないと主張したいんだろうが、そうはいかないぞ。あんたは、その後、『デジミン』に合成麻薬が混入されたことを知ってたんだろうからな。そのことに目をつぶってやったんで、毎月、『ヤマト薬品』から少なくない講演料を貰ってたんだろう」

「それは誤解だ。『デジミン』の薬価交渉の際《さい》、わたしは『ヤマト薬品』の希望を極《きょく》力《りょく》叶《かな》えてあげたんですよ。そのお礼ということで、研究会での講演依頼があったんだ。『デジミン』に合成麻薬が入ってたなんて、いまのいままで知りませんでしたよ」

「あんたの言葉をすんなりと信じるわけにはいかないな」

「なぜです？」

「あんたは愛人のペットショップ開業資金の一千七百万を小出から脅し取ってる」

「脅し取ったわけじゃない。無担保無利子で借りたんですっ」

「借用証も書かずに？」

「小出さんが必要ないと言ってくれたんで、書かなかったんですよ」

「そんな話が通ると思ってるのかっ。あんたは小出が合成麻薬入りの抗うつ剤と知りながら、『デジミン』を大学病院に大量納入させたことを知ってた。そのことを恐喝材料にして、一千七百万円をせしめたんだろうが！　それとも、小出はエクスタシー入りの抗うつ剤の密造に関わってたのかっ」

「…………」

「なんとか言えよ」

土門は古谷の肩口を突いた。

古谷がよろけた。それでも、口を開こうとしない。

「黙秘権を使おうってわけか。いいだろう、好きなようにしろ。けど、おれはあんたを公務執行妨害罪で逮捕《パク》る」

「公務執行妨害だって⁉」

「そうだ。あんたはおれに殴りかかってきて、急所を思い切り蹴った」

「わたしはそんなことしてないぞ」

「おれがそう報告すりゃ、その通りになるんだよ。任意同行じゃないから、その気になりゃ、何十日も身柄を拘束できる。おれは被疑者の面《つら》を机の角にさんざん叩きつけてから、いつも本格的な取り調べを開始してるんだよ。鼻が潰《つぶ》れて、前歯は一本もなくなるだろうな。それでもよけりゃ、せいぜい頑張るんだな」

「刑事がそんな荒っぽいことをしてもいいのかっ」

「よかないだろうな。しかし、おれは何をやっても、お咎《とが》めはねえんだ。ちょいとした切札を持ってんでな。おれ自身がルールブックってわけさ」

土門はそう言い、古谷の手から成分分析表を引ったくった。

「民主警察のはずだがな」

「寝言を言うなって。どうする？」

「『デジミン』に合成麻薬が混入されてることは、本当に知らなかったんだ。ただ、小出ドクターが薬事法に引っかかるようなことをしてる事実は……」

「もっと具体的に話してくれ」

「小出さんの実家は静岡県の浜松市にあるんだが、二年前に亡くなった父親は印刷会社を経営してて、数十年前から『ヤマト薬品』のパッケージやラベルの印刷を請け負ってたんですよ」

「その印刷会社は、いまも営業してるのか？」

「父親が亡くなったときに会社は解散したんですが、工場はそのままになってるんです。小出さんは、その印刷工場の機械を入れ替えて、サイドビジネスに『デジミン』の製造を手がけてるんですよ。現場の工員さんは、『ヤマト薬品』の停年退職者ばかりです」

「ということは、『ヤマト薬品』の能塚耕平社長が小出に合成麻薬入りの抗うつ剤を密造させてるわけだな？」

「そうなんでしょう。小出ドクターの父親は『ヤマト薬品』のパッケージやラベルの印刷を一手に請け負ってたようですから、能塚社長には恩義を感じてたんでしょうね。だから、抗うつ剤の代理密造を断れなかったんだと思います」

「能塚社長は、合成麻薬入りの『デジミン』が発覚したときは小出のせいにする気でいるんだな？」

「おそらく、そうなんだと思います」

「能塚の息子は、典型的なドラ息子だったらしいな？」

「そうみたいですね。能塚社長は啓介さんがレーシングチームに二百億円近く注ぎ込んだことを嘆いていましたよ」

「さらに息子に脛《すね》を齧られたら、『ヤマト薬品』は存続も危うくなる。能塚社長はそう考え、小出に啓介は心身症だと診断させて強制的に城南医大病院に入院させたんだろう」

「そうなんでしょうか」

「息子は本能的に自分に危険が迫ってることを感じ取って、父親に合成麻薬入りの抗うつ剤の件をちらつかせたんだろう。それを裏づけるベテラン看護師の証言もあるんだ」

「それは、どんなことなんです？」

「その看護師は能塚啓介の病室の前を通りかかったとき、ドラ息子が担当医の小出に向かって、『ヤマト薬品』が潰れるまでレーシングチームを解散する気はないという意味のことを喚《わめ》いてたらしいんだよ」

「だから、能塚社長が息子さんを小出ドクターに薬殺させたのではないかと？」

「そうにちがいない。能塚社長は、いつまでも親の脛を齧りつづけてる息子のことを憎んでたんだろう。その証拠に、能塚は一度も倅を見舞ってない」

「それでも、二人は親子ですからね」

古谷が溜息《ためいき》混じりに言った。

「近親増悪ってやつだろう。血の繋がりがあるからこそ、増悪や殺意が膨《ふく》らむんじゃないのか」

「そうなんですかね」

「小出は浜松の実家に身を潜《ひそ》めてるのかもしれないな。奴の実家の住所は？」

「正確な所番地《ところばんち》はわかりませんが、静岡大工学部キャンパスのそばですよ。わたし、小出ドクターを尾行して、彼の実家まで行ったことがあるんです。同じ敷地内に実家と工場が建てられてます」

「そうか。実家に親兄弟は？」

「両親はすでに他界してますから、誰もいないはずです。彼は、ひとりっ子なんですよ」

「そう」

「刑事さん、わたしはどうなるんです？『ヤマト薬品』から月々貰ってる講演料は一種の賄賂《わいろ》になるんでしょうか。小出ドクターから回してもらった一千七百万は、少しずつ返済していきますよ。だから、わたしがやったことには目をつぶっていただけませんか」

「いいだろう。ただし、一つだけ条件がある」

「条件というのは？」

「一年以内に奥さんと離婚する気がないんだったら、愛人のペットショップ店主と別れろ。彼女をずっと宙ぶらりんの状態にするんだったら、あんたに手錠《ワッパ》を打つぞ」

「妻とは別れます。そして、亜希と再婚しますよ」

「そうかい」

土門は古谷に背を向け、エレベーター乗り場に急いだ。

中央合同庁舎第五号館を出て、路上駐車してあるサーブに乗り込む。土門はすぐに浜松に向かった。青山通りに出て、そのまま玉川通りを走る。

スマートフォンが鳴ったのは、東名高速の少し手前を走行しているときだった。ディスプレイには、馴染《なじ》みのない電話番号が表示されていた。

土門は片手運転しながら、スマートフォンを耳に当てた。交通違反になるが、気にしなかった。

「中森瑞穂です」

「少しは悲しみが薄らいだかな？」

「ええ、ほんの少しね。夫の遺品を整理してたら、昔の日記が出てきたんです。その中に、遠山利通《とおやまとしみち》という中森の高校生時代の同級生の名が何度か記述されてたんですけど、どういう方なんですか？　わたしは、一度も会ったことがないんですよ」

「そいつは、四谷署勤務時代におれが誤認逮捕した男なんですよ。不動産会社の営業マンでした。遠山は同棲《どうせい》中のＯＬを絞殺した容疑が濃くなったんで、当時の刑事課課長命令で、おれが別件で捕《つか》まえたんです」

「別件というのは？」

「同僚と賭け麻雀をしてたという軽い罪でした。おれ個人は別件逮捕は卑怯《ひきょう》だと思ってたんで、気が進まなかったんですがね。しかし、直属の上司には逆らえないからな」

「そうでしょうね」

「しかし、本件で遠山はシロとわかった。当然、遠山は不起訴になって、数日後に釈放されました」

「その後、その遠山って男性がどうなったのか知ってます？」

「いや、知らないな」

「中森の日記によると、遠山利通は誤認逮捕だったのに勤め先を解雇されたようです。

そして、彼は前途を悲観して数カ月後に鉄道自殺したらしいの。あなたの行動は軽率だったとも記《しる》してありました」

「それで読めたよ。中森は、友人を死に追い込んだおれに復讐《ふくしゅう》したかったんでしょう。だから、おれに濡衣を着せる気になったにちがいない」

「そうなのかもしれませんね」

「謎が解けて、すっきりしたよ」

「土門さんは仕方なく遠山という男を別件逮捕しただけなのに、あなたを目の仇《かたき》にするなんて、中森は狭量《きょうりょう》すぎるわ。死んだ夫に代わって、土門さんに謝らないとね」

「いいんだよ、そんなこと。それより、そう遠くないうちに中森を殺させた奴はわかると思います」

「犯人がわかったら、わたしに真っ先に教えてくださいね」

瑞穂が先に通話を切り上げた。

土門はスマートフォンを懐に戻し、東名高速道路の東京ＩＣに急いだ。

東京から浜松までは、およそ二百三十キロの距離だ。時速百数十キロで走りつづけることができれば、二時間数十分で目的地に着けるだろう。

ほどなくハイウェイに入った。

土門はサーブのエンジンを高速回転で痛めつづけた。浜松ＩＣを降りたのは、午後五時過ぎだった。県道をたどって、静岡大工学部校舎を目標に進む。

小出の実家は準工業地域にあった。一般住宅と町工場が混然と建ち並んでいる。その一角に小出の実家があった。

敷地は二百五、六十坪だろうか。左手に平屋の印刷工場があり、右側に住まいが建っている。

住まいには電灯が点いていた。やはり、小出は実家に潜伏中らしい。工場の窓は真っ暗だった。

土門はサーブを路上に駐《と》め、素早く降りた。

夕闇《ゆうやみ》が濃い。土門は堂々と門扉《もんぴ》を潜《くぐ》り、先に工場に歩み寄った。

窓から覗《のぞ》き込むと、工場内はがらんとしていた。機械やベルトコンベアはおろか、段ボール箱ひとつ見当たらない。

敵は密造工場の痕跡《こんせき》を消したのだろう。

土門は二階建ての家屋に忍び寄った。木造モルタル造りで、老朽化が目立つ。築五十年以上は経《た》っていそうだ。家屋そのものは割に大きい。

家の中から、テレビの音声が洩れてくる。小出はのんびりとテレビでも観《み》ているようだ。

土門は玄関のガラス戸の引き手に片腕を伸ばした。

内錠は掛かっていない。土門は引き戸を静かに四十センチほど開けた。玄関灯は点いていた。上がり框《かまち》に、靴の痕《あと》がくっきりと残っている。事件の気配が伝わってきた。

土門は土足のまま、上がり框に上がった。廊下を進むと、右手に八畳の和室があった。

テレビの前に、小出が俯《うつぶ》せに倒れている。その首には、白い電気の延長コードが二重に巻きつけられていた。

土門は小出を仰《あお》向《む》けにして、左手首に触《ふ》れた。

温《ぬく》もりは伝わってきたが、脈動《みゃくどう》は熄《や》んでいた。能塚耕平が何者かに小出を始末させたのだろう。まだ殺されて間《ま》がないようだから、刺客はこの家のどこかにいそうだ。

土門はショルダーホルスターからシグ・ザウエルＰ230ＪＰを引き抜き、ゆっくりと立ち上がった。撃鉄《ハンマー》を搔《か》き起こし、茶の間と思われる部屋を出る。

そのとき、黒い人影が躍《おど》りかかってきた。

四十年配の細身の男だ。右手に短刀を握っている。

「刃物を捨てろ！」

土門はシグ・ザウエルＰ230ＪＰの銃口を相手に向けた。

すると、男は匕首《あいくち》を腰撓《こしだ》めに構えた。次の瞬間、体ごと突っかけてきた。

土門はステップバックして、銃把《グリップ》で男の側頭部を強打した。

相手が壁にぶつかり、廊下に倒れた。弾みで、刃物が手から零《こぼ》れた。

「撃たれたくなかったら、おとなしくしろ！」

土門はシグ・ザウエルＰ230ＪＰの銃把《グリップ》に両手を添えた。

そのとき、男が腰の後ろに手をやった。ベルトの下から引き抜いたのは、ユニークモデルＬ《エル》だった。

フランス製のコンパクトピストルだ。ハンマー露出式のシングルアクションである。弾倉《マガジン》には七発入るはずだ。予《あらかじ》め薬室に初弾を送り込んでおけば、フル装弾数は八発になる。

男が肘《ひじ》を使って、上体を起こした。ハンマーが起こされ、引き金《トリガー》に指が掛かった。

土門は先に撃った。

重い銃声が轟《とどろ》く。男の手から、ユニークモデルＬが落ちた。狙ったのは腹部だった。

男が被弾した箇所を両手で押さえながら、体をくの字に折った。

土門は用心しながら、フランス製の拳銃を拾い上げた。

「『ヤマト薬品』の能塚社長に頼まれて、小出を始末したんだなっ」

「ああ、そうだよ。それから、四谷署の中森もな。中森って刑事はリカって少女売春婦の尻《けつ》の肉を噛み千切った小出をマークしてて、合成麻薬入りの抗うつ剤のことを嗅ぎ当てたんだ。それで、能塚社長に三億円の口止め料を出せと脅迫したんだってよ。

お巡りのくせに、よくやるぜ」

「能塚社長は、息子の啓介を小出に葬《ほうむ》らせたんだろう？」

「その通りだよ。啓介って倅は、父親が小出と組んでエクスタシー入りの『デジミン』を密造してることを知って、能塚社長の持ち株をそっくり譲渡しろと要求してたんだ」

「啓介は、何がなんでもレーシングチームを解散したくなかったんだろう」

「ああ、そうだったんだろうな。啓介は父親と小出の密談を録音して、合成麻薬入りの抗うつ剤の製法資料を盗み出し、自分のお気に入りのマシンの中に隠してたんだ。おれが見つけ出して、ＩＣレコーダーと製法資料は能塚社長に渡したがね」

「能塚耕平は、いま、どこにいる？」

「目黒区柿の木坂二丁目の邸宅でブランデーでも舐めながら、おれからの報告を待ってるはずだよ」

「中森と小出を片づけて、報酬は総額でいくらになったんだ？」

「合わせて二千万円だよ」

「死んだ二人の命は安いな。けどおまえの命にゃ値さえ付かない」

「お、おれを殺す気なのか⁉」

「そういうことだ」

土門は蕩けるような笑みを浮かべ、ユニークモデルＬで殺し屋の顔面を撃ち砕《くだ》いた。

男は即死だった。声ひとつあげなかった。中森の代わりに、能塚社長から三億円いただくことにしよう。

土門は、銃口から立ち昇る硝煙を勢いよく吹き飛ばした。

本書は二〇一四年三月に廣済堂出版より刊行された『濡衣《ぬれぎぬ》無敵刑事《デカ》』を改題し、大幅に加筆・修正しました。

本作品はフィクションであり、実在の個人・団体などとは一切関係がありません。

文芸社文庫

不敵刑事《デカ》

二〇一八年十二月十五日　初版第一刷発行

著　者　南英男
発行者　瓜谷綱延
発行所　株式会社　文芸社
〒一六〇－〇〇二二
東京都新宿区新宿一－一〇－一
電話　〇三－五三六九－三〇六〇（代表）
〇三－五三六九－二二九九（販売）
印刷所　図書印刷株式会社
装幀者　三村淳

ISBN978-4-286-20469-7